SCHOOL MATE《スクールメイト》

とある一日

16:45 | 起床。やや寝坊につき、急いで支度する。

17:30 | 登校。夜間学校にて授業を受ける。
内容についていけず。

21:30 | 下校。途中、ふらふらと散歩を挟む。

22:00 | 帰宅。ゲームの招待はなし。

22:10 | ジャージに着替えて、公園に。
そろそろ次のゲームが迫っているので、
軽く体を動かし、勘を戻す。
帰りがけにコンビニに寄り、夜食を確保。

23:00 | 再び帰宅。夜食を食べながら、
数学の参考書と格闘。
されど理

0:00 | 日付変更
スマホで
アプリを
シットコ

2:30 | なにもし
昔のゲームのことなどを考える。

3:30 | 小腹が空いてきたので、コンビニに。
アイスを頬張りながら軽食を持ち帰る。

4:00 | 昼夜逆転生活に特有の、
眠いような眠くないような時間が始まる。
非生産的だと感じつつも、浴する。

5:00 | 眠気に抗い、ゴミを出しに行く。
溜め込んでしまっていたので、
二往復かかる。

5:10 | 寝たり起きたりを繰り返しながら、
就寝。

反町友樹
Yuki Sorimachi

「……見過ごせないよな、やっぱり」

幽鬼

YUKI

前回のゲーム〈クラウディビーチ〉で、
並行して行われた波乱のゲームの話を聞く。
ゲーム参加者の9割以上が死んだという
〈ガベージプリズン〉の真相を知るため
調査に繰り出すが……？

CITY SCENARIO《シティシナリオ》

CITY SCENARIO《シティシナリオ》

毛糸
Keito

幽鬼の10回目のゲーム、
〈スクラップビル〉にともに
挑んだプレイヤー。
怪しいセールスマンのような、
うさんくさい雰囲気は健在。
その後もゲームで勝利を
重ねており、
件のゲームについて探る中で
幽鬼と再会する。

「……ははあ。
すると、なにも知らずここに
来たわけですか。
持ってますね、幽鬼さん」

「わたくしは灰音」
「わたくしは心音」

灰音《Haine》

高校生くらいの年の頃ながら、
が印象的なしっかり者。
しての忠誠心は強く、
取り組んでいる。

「この家にお仕えしている者です」
「ご用件でしたら、わたくしどもがうかがいます」

Kokone
心音

錐原につかえる双子のメイド。
真っすぐに伸びた背筋
二人そろって主人に対
律儀に仕事に

シティシナリオ
CITY SCENARIO

HALLOWEEN NIGHT《ハロウィンナイト》

「だいぶ昔に、
この道で行くって決めたからさ。
決めたからには、進まないとね」

幽鬼
YUKI

プレイ回数は今回で45回目で、追いかけていた
〈ガベージプリズン〉の殺人鬼も参加しているとはつゆしらずゲームに挑む。
さらに、過去の因縁のゲームで傷を受けた右目に異変が……？

紫苑《Sion》

〈ガベージプリズン〉で大量殺戮を行った少女。

その結果として現実世界で他プレイヤーから襲撃を受けることになり、避難のためにゲームに参加。

今回のゲームでプレイヤー間のジンクス、〈三十の壁〉を迎えることになる。


「復讐しに来たんだろ？　じゃあなにか？

復讐ならいいと思ってんのか？　ゲームならいいのか？

決闘ならいいのか？　誰かのためだったらいいのか？

——いいわけねえだろうが！」

HALLOWEEN NIGHT《ハロウィンナイト》

玉藻
Tamamo

初心者のプレイヤーと思われる、
丸っこい体型で純朴な雰囲気の女の子。
ゲームの中でたまたま幽鬼に助けられたことで、
彼女にとある「お願い」をするのだが——？

「あの、半分、お菓子、あげますから」

HALLOWEEN NIGHT《ハロウィンナイト》

死亡遊戯で飯を食う。4

鵜飼有志

MF文庫J

CONTENTS

口絵・本文イラスト●ねこめたる

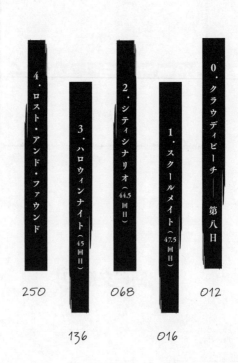

はぐれ者の世界にも、なじめない人間はいる。

0.クラウディビーチ――第八日

「――ゲームが終了しました」

真熊《マグマ》は、エージェントからそう告げられた。

船の中だった。彼女の四十三回目のゲーム――〈クラウディビーチ〉の八日目、運営の送ってきた救難艇に真熊《マグマ》は乗り込んだ。さしたる怪我《けが》もなかったので、そのまま客室に通され眠っていたのだが、近付く足音で目を覚まし、見ると、彼女のエージェントが目の前に座っており、開口一番そのような報告をされたという顛末《てんまつ》だった。

「そうかい」と真熊《マグマ》は返事をする。

「結果、お聞きになりますか？」

「ああ」

「永世《エッセイ》さんが死亡しました」

エージェントは淡々と言った。

「幽鬼《ユウキ》さんを襲い、返り討ちにあったようです」

「へえ。あいつは？」

「生き残ってますよ。ついさっき船に到着しました。見たところ、大した怪我もなさそうでしたよ。よかったですね」

「……よかったってどういう意味だ？」

「だって、真熊《マグマ》さんのお気に入りなんでしょう？　あの人」

「妙な言い方するんじゃないよ……」

真熊《マグマ》は額に手を当てる。

「別に、そういうんじゃないよ。多少なりと面識があるし、あたしと似たプレイスタイルだから、なんとなく親近感があるだけさ。特定の誰かに生き残ってほしいだなんて思わないよ。唯我独尊があたしのモットーなんでね」

もっとも、永世《エッセイ》と幽鬼《ユウキ》のどちらに勝ってほしかったかといえば、幽鬼《ユウキ》であることは否定できなかった。ゲーム中に判明した永世《エッセイ》の〈あれ〉には、好かぬところがあったからだ。

「そうですか」エージェントは言う。

「まあ、心配なこともないではなかったけどね。無事生き残ったってことは、問題なかったんだろう」

「？」

「あいつの右目のことだよ」

とんとん、と真熊《マグマ》は、右目の下をつつく。

「前に会ったときより白くなってるみたいだったからさ——気になってたんだが。本人なにも言ってなかったし、別状はなかったのかね？」

1.スクールメイト（47.5回目）

（0／18）

真っ暗な夜道を、真っ黒に塗られた乗用車が走っていた。

「いつもありがとうございます」

と、助手席に座る幽鬼《ユウキ》が言った。

マイカーを所有しておらず、タクシーを使う習慣もない彼女にとって、車に乗る機会は多くない。エージェントにゲームの舞台まで送迎してもらうときか、義体職人の屋敷に送ってもらうときか、そのどちらかである。

今は、前者のほうだった。〈クラウディビーチ〉をこなし、その次のゲームもこなし、そのまた次もまたまた次もこなして、幽鬼《ユウキ》のクリア回数は四十七回に達した。無傷でクリアしたので病院には行かず、自宅に直帰する段取りだったのだが、その最中、幽鬼《ユウキ》は、運転席に座るエージェントに感謝を述べたのだった。

「……なんです、いきなり？」

エージェントは言った。その横顔は訝《いぶか》しげに歪《ゆが》んでいた。

「いや、ありがたいな、と思いまして」と幽鬼《ユウキ》は続ける。

「人ってやっぱり、一人じゃ生きられないですよね。すごい優秀なビジネスマンでも、会社が変わった途端だめになったりすることがあるわけで。本人の力量もさることながら、周りの環境も同じぐらい重要だと思うんですよ。私がここまでやってこれたのは、私だけの力じゃない。エージェントさんのご助力があってこそです。エージェントさんが私のエージェントじゃなかったら、今の私はなかったと思います。本当に感謝してます」

そのあたりで息が続かなくなったので、幽鬼《ユウキ》は黙った。

エージェントの応答を待った。幽鬼《ユウキ》の予想に反し、エージェントはかなりの長時間黙っていた。言葉の意味を汲《く》み取り、ふさわしい返答を考える。そのためだけに時間を費やしている様子ではなかった。一体なにを考えているのか、表情からはうかがえない。ひょっとして無視されたのかな、と幽鬼《ユウキ》は疑いすら覚えたのだが、最終的に、「嬉《うれ》しい言葉ですね」とエージェントは答えてくれた。

「ですが、そう唐突に感謝されたのでは、言葉の裏を読まないではいられませんね」

「……わかります？」

「わかりますよ」エージェントは肩をすくめた。「なにか、言いにくいことでもおありで？」

「ちょっと困ったことがありまして……」

「ほう」

「最近、どうも、学校で誰かに見られてるんです」

エージェントは首をかしげた。〈学校〉という単語の意味を知らない、とでもいうかのような仕草だった。しかし、すぐ納得顔に変わって、

「ああ。そういえば幽鬼《ユウキ》さん、学校に通ってらっしゃるんでしたね」

と言った。

「はい。夜間のやつに」

プレイヤーを始めて少ししたころから——具体的には〈キャンドルウッズ〉の終わったころから、幽鬼《ユウキ》は夜間の学校に通うようになった。プレイヤーとして道を極めるにあたり、最低限の学を身につけることが必要だと考えたからだ。小学生未満の学力しかなかった幽《ユウ》鬼《キ》なので、最初のうちは大変だったが、なんとか頑張ってそれを乗り越え、今ではもう、通い続けて一年以上になる。

「見られているとは、監視されているという意味ですか？」

「はい。見られてるだけじゃなくて、ときどき、鞄《かばん》や机の中をいじられたりもしてて。たぶん、クラスメイトの中に、私の素性を探ってる人がいるんだと思うんですが……」

「なにか、怪しまれるようなことをやらかしたので？」

「なにかしたってわけじゃないですけど、なにぶん、プレイヤーと二足のわらじですから。ゲームの間は学校を休まないといけないですし……〈防腐処理〉があるから、健康診断も

受けられないですし……ゲームで負った怪我《けが》も、大怪我は治してもらえますけど、擦り傷切り傷なんかはそのままなわけで……そのへんが治りきってない状態で登校することも、しょっちゅうですし」

幽鬼《ユウキ》は左手を前に出した。その五本指のうち、中指から小指までは、半年ほど前に新調した義指だった。

「この左手も、学校ではなるべく隠してるんですけど。それもやっぱり不自然ですし」

「普通にしてるだけでも、十分に怪しい、というわけですか」

「です」

「誰の仕業か、わかってはいるのですか？」

「それがまったく。こちらからも探ってはいるんですが、なかなか尻尾をつかませてくれなくて……」

「鞄や机を探られた……のでしたか。ゲームに関連するものを、見られた可能性はありますか？」

「いいえ。それはありえません。学校には絶対持ち込まないので」

プレイヤーには守秘義務があった。ゲームの存在については、義体職人のような周辺業界の人間をのぞき、一般の人間に口外してはならない。

なので幽鬼《ユウキ》は、学校ではただの一学生として振る舞うよう努めている。自分の職業については絶対に口を割らないし、階段が混んでいるからといって窓から飛び降りて下校することはしないし、授業中暇だからといって、効率よく力を込められるペンの握り方を練習することもしていない。

「だから、学校の中で監視されてるうちは大丈夫なんですけど……」

「外でもされるようになると、まずいですね」エージェントが先を言う。

「……ちなみに。一般人にゲームのことがばれたら、どうなるんです？」

「早急に手を打たないといけないでしょうね。周りに吹聴《ふいちょう》されるよりも先に、忘れてもらうしかないでしょう」

「殺すってことですか……」

〈忘れてもらう〉。当然そういう意味だと幽鬼《ユウキ》は解釈したのだが、

「……？　いえ、そこまではいたしませんよ。文字通り、忘れてもらうだけです」

エージェントは車のハンドルから片手を離して、自分の頭をつつく。

「記憶処理の技術を、我々は心得ているので」

幽鬼《ユウキ》は驚いた。〈防腐処理〉や医療的サポートなど、得体の知れない技術を数多く持つこのゲームの運営だが、そんなことまでできるとは予想外だった。

最悪の場合でも、無辜《むこ》の一般市民を殺してしまう事態にはならないようだ。幽鬼《ユウキ》は少し安心したが、その安心に釘《くぎ》を刺すかのように、「ですが」とエージェントは続ける。

「とはいえ、ばれても大丈夫というわけではありません。そうなったときは、再発防止のため、幽鬼《ユウキ》さんには学校を辞めていただくことになります」

「……ですよね」

ゲームのことが公になるのは、運営の最も恐れるところだ。その危険があるとわかっていながら、幽鬼《ユウキ》の学生生活を許してくれるほど、当組織は甘くない。

やはり、絶対にばれてはいけないのだ。一刻も早く尾行者を特定し、諦めてもらう必要がある。

「なんとかしないとな……」幽鬼《ユウキ》はつぶやく。

「よろしければ、お手伝いいたしましょうか？」

エージェントが言ってくれた。「お願いします」と幽鬼《ユウキ》は答えた。

（1／18）

反町友樹《そりまちゆうき》は、殺人ゲームのプレイヤーである。

本名からとった〈幽鬼《ユウキ》〉のプレイヤーネームを名乗って、命懸けのゲームに参加を繰り返している。爆弾のセットされた部屋から制限時間以内に脱出したり、武器を携えたシリアルキラーから一定時間逃げ回ったり、生き残りの枠をかけてほかのプレイヤーと殺しあったりする。その様子を〈観客〉に見せて、見返りとしてわずかな賞金をもらう。それが幽鬼《ユウキ》の職業だ。はっきり言って、裏社会の人間であり、あまり褒められたものではない身分だった。

もちろん幽鬼《ユウキ》は、その事実を学校では隠している。ゲームのことを一般人に触れ回るのは許されていないし、仮に許されていたとしても、幽鬼《ユウキ》に自分語りの趣味はない。クラスメイトに素性を問われることもあるが、いつも適当にはぐらかしている。

だが、いくら隠そうとしても、隠しきれないものはある。

気づかなくていいことに気づいてしまう人間も、いる。

（2／18）

とある高校の夜間部には、給食がある。

二時間目と三時間目の間、中休みの時間に設けられていて、生徒の七割ほどがそれを受給している。窓の外がすっかり暗くなった食堂にて、一汁三菜の揃《そろ》ったトレイを前に、生徒たちは一心にそれをかき込むなり、友人としゃべりながら少しずつ口に入れるなりしていた。

その中に、女子生徒のグループがひとつあった。

そのうちの一人――骨塚仁実《ほねづかひとみ》は、テーブルに目を向けていた。

視線の先にあったのは、給食のトレイではなく、その横に置かれた携帯だった。SNSに新規の投稿がなかったことを確認すると、顔を上げ、テーブルの反対側に座っていた二人に目を向けた。

「――あの女、どう思う？」仁実が言う。

向かいの二人は、給食を口に運ぶ手を止めた。

同じ顔をした二人だった。一卵性の双子である。髪型も服装もアクセサリも、その能天気そうな顔つきも、給食を口に運ぶペースまでも同じ。傍目《はため》には、同じ物体がふたつ並んでいるかのように見える。だがしかし、二人と長い付き合いである仁実は、向かって左が天野日和《あまのひより》、向かって右が天野風見《かざみ》であることを見抜いていた。

「あの女――」「――って？」

前半を日和、後半を風見がしゃべった。二人でひとつの脳を共有しているかのように、この姉妹は交互に話すのだった。

「私らのクラスで〈あの女〉っつったら、一人しかいないでしょ。反町友樹《そりまちゆうき》のことよ」

そのような共通認識がクラスにあるかは怪しかったが、姉妹は「あー」と答えてくれた。

仁実《ひとみ》は食堂全体に目を走らせる。〈あの女〉の姿がないことを確認して、

「あいつ、何者だと思う?」

「んー、なんだろ。ヤクザの女とかじゃないかな。ぴりっとした雰囲気あるし。もしかしたら本人がヤクザかも」

「怪盗かもよ。すっごい綺麗《きれい》な人だし」

ばかばかしい答えだった。いかにもこの姉妹らしいおばかな回答だったが、とはいえ、ほかの生徒に聞いたところで似たようなものだろう。かくいう仁実だって、紛争地帯から帰ってきた傭兵《ようへい》とか、現世に転生した死神とか、メルヘンの入った予想しかできてないのが現状だ。

あの反町友樹という生徒は、それほどまでに謎めいていた。

一年と少し前——仁実や天野《あまの》姉妹がまだ一年生だったときに、その謎は始まった。反町友樹。あの女が転入してきて、黒板に自分の名前を書き、自己紹介を行なったときには、〈カタギの人間ではない〉と仁実はすでに確信していた。友樹が幽霊のような見た目をし

ていたから——というだけの理由ではなかった。一般人とそうでない人間を隔てる一線。その向こうにいる者の気配を、彼女は宿していた。

気配だけではなく、友樹は行動によってもそれを証明した。

まず第一に、彼女はクラス内で人間関係を築こうとしなかった。話しかけられたら応対はするが、自分から誰かに話しかけることはなかったし、年齢や職業、夜間部に通うことになった事情について話が及ぶと、固く口を閉ざした。第二に、彼女は月に二、三回のペースで学校を休んだ。夜間の高校とはわけありな生徒が集まってくるものなので、休むこと自体は珍しくもなかったが、一定のペースでというのが奇妙だった。一回の休みは一日で済むこともあれば、数日に及ぶこともある。つい先月など、一週間以上学校に来なかった。その間彼女はなにをしているのだろう？　第三には、休みのあとにしばしば、彼女がなにかしらの怪我《けが》をしているということだった。顔や手足に、絆創膏《ばんそうこう》を貼って登校してくることはしょっちゅう。その怪我は一体、どこで作ってきたものなのか？　彼女のあらゆる行動が仁実の興味を惹《ひ》いていた。

「仁実はどう思うの？」

風見《かざみ》が聞いてきた。「わからないわ」と仁実は答える。

「だから、最近調べてる」

「調べてる？」

「学校の中でつけ回してみたり、席を離れてる隙に鞄《かばん》を物色したり。先生にそれとなく話を振ってみたり。思いつくことは一通りやったわ」

「……そんなことしてたの？」「なんで？」

日和《ひより》も、風見《かざみ》も、引いていた。当然の反応だった。気心の知れたこの姉妹でなければ、仁実《ひとみ》だって口外はしない。

「気になるからよ」と仁実。

「あんたらだって、気になってんでしょ」

「気にはなるけどー」「それで、どうだったの？」

「収穫があったらこんな話しないわ。鞄にスパイ七つ道具が入ってることはなかったし、休み時間にトイレでクスリをきめたりもしてなかった。先生もなにも知らないみたいね。自分の素性につながるようなものは、学校に持ち込んじゃいないわ、あの女」

「へー」

「だから今度は、学校の外でもやろうと思ってる」

給食の牛乳パックをストローで吸って、仁実は言う。

「今日の放課後、あの女を尾行するわ。いくらなんでも、学校外の素行までは隠し切れないでしょう」

「…………」姉妹はますます引いた顔になって、「……それって」「犯罪じゃないの？」

「知ったことじゃないわ」

きちんと調べたわけではないので仁実にも確かなことはわからないが、探偵業を営んでいない者の尾行は法的に問題なはずだ。まだ未成年とはいえ、事がばれれば、それなりのお叱りを仁実は受けることとなろう。

が、そんなの知ったことではなかった。学校内でやっている時点で、すでにグレーゾーンだ。毒を食らわば皿まで。行くところまで行く所存だった。

なぜかわからないが、あの女の正体を探らねばという使命感が、仁実にはあった。

なんというのだろう、まるで、血が騒ぐような思いだった。


（3／18）


その日の授業が終わった。

反町友樹《そりまちゆうき》は、さっさと荷物をまとめて席を立ち、教室を出た。友達のいない彼女に、クラスに残っておしゃべりをする習慣などあるはずもなかった。

なので、仁実《ひとみ》も急いで動かないといけなかった。友樹《ゆうき》の背中を追う——のではなく、ひとまずはトイレに駆け込んだ。尾行に先んじて、変装をするためだ。鞄《かばん》の中から私服を取り出し、昭和の体育会系でも舌を巻くに違いない早着替えをこなした。人相を隠すためのマスクと帽子《ぼうし》も装着し、トイレを出て友樹を追った。仁実が彼女に追いついたころには、ちょうど校舎の下駄箱《げたばこ》でローファーに履き替えているところだった。彼女が学校を出て、大通りを歩いていくのに、仁実はあとからついていった。

さて——学校外の尾行である。時刻は夜。大通りといえど、通行人はほとんどいない。学校内でやるのより、相手に見つかるリスクは大だ。それがわかっていたから仁実は服を替えたのであり、肝心の尾行についても、その考えを一貫させた。ともすれば見失いかねないぐらい遠くから、息遣いも足音も極限まで抑えつつ、仁実は友樹に視線を固定させる。

しかし——仁実のそうした配慮にもかかわらず。

友樹の肩が、動いた。

彼女がこちらに振り向くよりも前に、仁実は物陰に隠れた。

いきなり心拍数が倍近くになった自分の心臓に手を当てた。汗ばんだ顔が、深夜の冷気と手を組み、仁実から体温を奪っていくのを感じた。

なんでわかるんだ、と思った。学校の中で監視していたときも、そうだった。こちらの視線に友樹はすぐ気づき、仁実は隠れないといけなくなる。これだけの距離が開いているのに、気配を読み取るなんて普通じゃできないと思う。反町《そりまち》友樹が普通の存在ではないということを、それはなによりも如実に物語っている。

友樹のものと思《おぼ》しき足音が、かすかに聞こえてきた。まさかこっちに来るのか、と仁実は身構えるが、幸いにも遠ざかっていく足音だった。気のせいと判断してくれたのか、それとも、仁実がどこに隠れているかまではわからなかったのか。なんにせよ一安心だ。

とはいえ、振り返ったということは、少なくとも尾行の存在を疑っているのは間違いない。もしも彼女が、人には知られたくない事情を抱えているのだとすれば、それが露見するような行動をこの帰り道では取ってくれないだろう。

どうする。日を改めるべきか？

仁実は携帯を取り出した。〈21：45〉の表示を確認して、すぐにしまった。

（4／18）

背後に誰もいないことを確認し、幽鬼《ユウキ》は首を前に戻した。また大通りを歩き出した。誰もいなかったが、確かに視線を感じた。かなり遠くからで、方向は真後ろ。視線の主は十中八九この大通りにいる。幽鬼《ユウキ》が振り返ったと同時、身を隠したのだろう。

再度、背後の気配を探ってみる。まだ見られている――とは思うが、確信はできない。さっきよりも気配が小さくなっていたからだ。今日のところは諦めて引き揚げてくれたのかもしれないし、ますます慎重になって尾行を続けているのかもしれない。

とうとうこのときが来たか、と幽鬼《ユウキ》は思う。ここ最近、自分をつけていたクラスメイトが、学校外にまで監視の目を広げてきた。学校内では自分の素性を隠している幽鬼《ユウキ》だったが、外ではそうもいかない。エージェントに会い、ゲームの舞台に送迎されるところを見られるわけにはいかないし、今日、このまま素直に帰宅して、自宅の場所を教えるのも考えものだ。鞄《かばん》や机を探ってくる相手なのだから、幽鬼《ユウキ》が不在の間に、家探しに及ぶという可能性も十分にある。クローゼットにしまってある衣装、ゲームの記録についてしたためてあるノート、学生らしからぬ額の記された預金通帳などなど、ゲームの存在を示す証拠は幽鬼《ユウキ》の自宅にごまんとある。見つかったらゲームオーバー。幽鬼《ユウキ》の学生生活は終わりだ。

その前に尾行者を捕まえたいのはやまやまだった。だが、できるならとっくにやってる。学校で監視されているときも常々思っていたが、こいつ、やけに尾行がうまい。幽鬼《ユウキ》としてもされるがままではなく、相手の正体を探ろうと努力はしていたが、なかなか尻尾をつかませてくれなかった。プレイヤーという職業柄、誰かにあとをつけられる経験はそれなりにあったが、その中でもこいつの技術は間違いなく白眉だった。素人とは思えない。そんな達人がどうして学校にいるのかと、幽鬼《ユウキ》はここ最近、絶えず首をひねっている。

尾行者のスキルは今日も健在だった。これほど距離が開いているのでは、追いかけて捕まえるのは難しい。路地に移れば多少は距離を詰めてくれるだろうが、おそらくそれでも、幽鬼《ユウキ》の射程距離内には入ってくれないだろう。

独力では捕まえられない、と幽鬼《ユウキ》は結論を下した。

だから、携帯を取り出した。メッセージアプリを開き、エージェントに連絡した。

〈夜分遅くに失礼します〉

〈例の相手に尾行されてるんですが、今から来てもらうことってできますか？〉

さすがに無茶《むちゃ》な要求かな、と思ったのだが、意外にもすぐに返事があった。

〈かしこまりました。一時間以内に参ります〉


（5／18）


結局、仁実《ひとみ》は尾行を続けた。

たった一回、相手が尾行を疑う素振りを見せただけで撤退するなんて、臆病すぎる。もうちょっと続けるべきだ。反町友樹《そりまちゆうき》も警戒はしていることだろうし、ぼろを出すような行動は取ってくれないだろうが、最低でも家には帰らざるを得ないはずだ。せめて自宅の場所ぐらいは、今夜のうちに突き止めておきたかった。

しかし、そうした仁実《ひとみ》のもくろみを友樹は看破したようだった。彼女は大通りを外れて路地に入り、辺りをうろうろした。分かれ道でしばらく立ち止まることもあれば、同じ道を繰り返し通ることもあった。明らかに、家に帰ろうとしているのではない足取りだった。尾行を撒《ま》こうとしているのだろう。長期戦になることを覚悟していたので、仁実は慌てず、辛抱強く友樹のあとを追った。

仁実は、携帯で時刻を確認した。

夜の十一時になろうとしていた。

尾行を始めてから、一時間以上が経過している。その間、友樹が周囲を探ることは何度かあったが、仁実は毎回うまく姿を隠している。友樹の正体を示す手がかりはなにひとつ得られていないが、彼女を見失うこともなく、彼女に発見されることもなく、付かず離れずの距離をキープすることができていた。

学校でも何度かやっていたことだが、ここまで長時間に及ぶのは初めてだった。自分の中にある意外なほどの粘り強さに、仁実は驚く。こんなにも自分は尾行がうまかったのか、と思う。

仁実は、胸に手を当てた。

一時は二倍近くの心拍数を記録した我が心臓だったが、今や通常通りだった。

落ち着いている。

他人のあとをつけ回すという不法行為を、現在進行形でやっているのにもかかわらず、である。

思えばここ最近、似たような気分になることが何度かあった。授業中に後ろの席から友樹を監視しているときや、移動教室の隙に友樹の机を探ったりしているときなど、本来なら緊張しなければならないはずの場面で、なぜだか逆に落ち着いてしまうのだ。これはどうしたことだろう。いわゆる〈ゾーンに入る〉というやつだろうか？　もしそうなのだとしたら、どうしてクラスメイトを尾行している最中に、そんな状態になるのだろう？　ひょっとしたら自分には、探偵の才能でもあるのだろうか――。

そう思ったときのことだった。

「――もしもし」

背後から、仁実は声をかけられた。

振り返った。

すぐ後ろに、黒いスーツの女性がいた。

仁実《ひとみ》は面食らった。友樹《ゆうき》を追うのに集中しすぎて、背後の存在に気づかなかった。

「だ、誰？」反射的に仁実は口にする。

「私は……」その女性は少し考えてから、「友人、でしょうか。今しがた、あなたが追い回してる人の」

絶対に嘘《うそ》だ、と仁実は即座に思った。ここまでがっちりとスーツできめた風貌の人が、ただの友人ということはあるまい。でも、おそらく、友樹の関係者であることは間違いないだろう。

「その背格好。やはり、幽鬼《ユウキ》さんのクラスメイトで間違いないようですね」

スーツの女性は、仁実をじろじろと見た。服装は変えていたし、マスクと帽子《ぼうし》で人相も隠していたが、その背格好までは隠せない。学校に通っている年齢の小娘だということは、見ればすぐにわかる。

「どういうつもりか知りませんが。その面、拝ませてもらいましょうか」

言って、女性は仁実に手を伸ばしてきた。

やばい、と仁実は思った。この人には反町《そりまち》友樹と同じオーラがある。仁実とは違う世界の人間。こちらとあちらを分かつラインの、向こう側にいる人間だ。

それに見つかった私はこれからどうなる？　給食の時間における天野《あまの》姉妹の言葉を思い出す。もしも本当に反町友樹がヤクザの女や怪盗だったとしたら——その正体を探ろうとした人間は、普通どうなる？　これから私はどんな目に遭わされる？

恐怖で身がすくんだ。視界が白んだ。

天と地がひっくり返るような錯覚を仁実は感じて——

——そして、なぜだか心が落ち着いた。

女性の伸ばしてきた腕を仁実はつかんだ。もう片方の手でネクタイもろともワイシャツをつかみ、それを引き寄せるとともに自分の体を回転させた。重心を下げ、両腕を前に出し、女性の体を宙に浮かせた。

背負い投げだった。

どがん、という音がした。

スーツの女性は、受け身も取れずアスファルトに叩《たた》きつけられた。仁実が手を放すと、重力のなすがままにぐったりとした。どうやら意識を持っていかれたらしい。

逆さになった女性の顔を目の当たりにして、仁実は狼狽《ろうばい》する。

今――なにをした？　私はこの人を投げたのか？　投げたのだ。手ごたえをはっきり覚えているし、そうでなければどうして気絶したというのか。自分は確かに、この人を投げた。体が、勝手に動いた。柔道なんてやったこともないのに、格闘漫画のひとつすら読んだことはないのに、気づいたら体が勝手に背負い投げをきめていた。一体どうして？　こんな技をいつの間に私は身につけた？

足音が聞こえてきたおかげで、仁実《ひとみ》は狼狽《ろうばい》から抜け出すことができた。友樹《ゆうき》の足音だ、と直感した。こっちに来る。仁実はその女性を引きずって、道の脇に寄せてから、そそくさと現場をあとにした。

（6／18）

どがん、という音がした。

幽鬼《ユウキ》は振り返った。

振り返った先には、曲がり角。その向こうから音は聞こえた。幽鬼《ユウキ》はすぐさまダッシュし、角を折れ、その先にあった光景を目に映した。

道の脇に、倒れた女性の姿があった。

幽鬼《ユウキ》のエージェントだった。

駆け寄り、様子を見た。気絶しているようだった。スーツに引きずった跡があった。道の真ん中で倒れたあと、ここまで運ばれたのだろう。あのどがんという音は、彼女がアスファルトに倒れた音だったのだ。

幽鬼《ユウキ》はポケットから携帯を出した。その画面にはメッセージアプリが開かれていて、〈尾行者を発見した〉という通達がエージェントから届いていた。彼女は尾行者に迫り、その正体を暴こうとしたのだ。

そして――おそらくは、返り討ちにあった。

この状況は、そういうことだろう。気絶しているということは、頭を打ったのかもしれない。だとしたら事は一刻を争う。幽鬼《ユウキ》はメッセージアプリを電話アプリに切り替え、病院に電話をかけようとするのだが――

携帯を握るその手を、つかまれた。

「わっ」

幽鬼《ユウキ》は驚いた。エージェントが意識を取り戻していた。

「お……おはようございます」

時刻は深夜だが、幽鬼《ユウキ》はそう言ってみた。エージェントはしばらくして、「……こんばんは」と返してくれた。

「大丈夫ですか？」

「ひとまずのところは……」

まだ痛むのか、エージェントは頭を抱えた。その姿勢のまま、「病院に電話するおつもりで？」と聞いてきた。

「ええ、まあ……」

「それはまずいです。我々エージェントは、戸籍上存在しない人間ですから。医者にかかるわけにはいきません」

そうなのか、と思った。エージェントが死傷した場合でも、表沙汰にするのはまずいらしい。幽鬼《ユウキ》は携帯をしまった。

「すいません、幽鬼《ユウキ》さん。例の人物にやられました」

エージェントが謝ってきた。「みたいですね……」と幽鬼《ユウキ》は答える。

幽鬼《ユウキ》は周囲を探るが、人の気配はなかった。尾行者はとっくのとうに逃げ去ったらしい。

「でも、会うには会ったんですよね？　どんな顔でした？」

「いえ、それが……マスクと帽子《ぼうし》をつけていたので、なんとも。背格好からするに、おそらくは女子かと思われますが……」

「半分まで絞れましたね」

幽鬼《ユウキ》は冗談で言ったのだが、「不甲斐《ふがい》ないです」とエージェントは小さくなる。

「言い訳はしたくありませんが……かなりの手練《てだ》れでしたよ。あざやかに投げられてしまいました。幽鬼《ユウキ》さんのクラスメイトに、柔道の達人でもいるのですか？」

「いえ、心当たりはないですけど……」

殴る蹴るではなく、投げ飛ばす。訓練もなくできるような技ではない。その相手がエージェントというのならなおさらだ。彼女がどのぐらい強いのか幽鬼《ユウキ》は知らなかったが、殺人ゲームを運営する職員なのだし、一定の心得はあるだろう。それをあっさり地に沈めてみせるなんて、素人にできることではない。

素人ではないといえば、相手は尾行の達人でもあるのだ。ますますその正体が気になる。

エージェントは、顎に手を当てた。思案のポーズを取ろうとしたのだろうが、手のひらを擦りむいていたらしく、「痛っ……」と顔をしかめた。

「その体で帰ってもらう……ってわけには、いきませんよね」

幽鬼《ユウキ》は声をかける。

「今日は、私のところに泊まってってください」

「お邪魔になるわけには」エージェントは首を振る。

「大丈夫ですよ。奇《く》しくも最近、来客用の布団を買ったところなので……」

（7／18）

そして、友樹《ゆうき》は帰宅した。

いかにも幽霊が住んでいそうなボロアパートだった。スーツの女性を連れて、友樹はそこに足を踏み入れた。その際、アパートの入り口に備え付けられた集合ポストの、一〇七号室の投函口《とうかん》を指で押し、中身を確認していた。

そのさまを、仁実は物陰からしかと見届けた。

（8／18）

二人がアパートの中に姿を消したあと、そばで動く影があった。

仁実《ひとみ》だった。

落ち着いた気持ちで尾行を続けていた仁実だったが、これには心がふるえた。やった。

やったのだ。自分はあの女を出し抜いた。彼女に気づかれず、その自宅を突き止めることができた。

スーツの女性を気絶させたあと、仁実はその場を退散した。しかし、尾行を諦めてはいなかった。去ったと見せかけて、こっそりあとをつけていたのだ。どうやら付き人らしいあの女性を手当てするため、友樹が自宅へ戻るに違いないと踏んだからだ。その予想はどんぴしゃりだった。警戒を解いていたのだろう、反町《そりまち》友樹は、仁実の存在に毛ほども気づいていなかった。まんまと仁実をこのアパートに案内してくれた。

彼女の自宅が判明したこと。これは大きい。鞄《かばん》や机を探るのとはわけが違う。あの家にはきっと、友樹が見られたくないものが多数隠してあるはずだ。今度こそあいつを、丸裸にできるはずだ――。

自分の頭に浮かんだ考えに、仁実は自分でふるえた。

他人の家に押し入るということを、気づいたら計画していた。それはやばい。やりすぎだ。ストーキングや鞄漁《あさ》りをするのだって不法ではあるが、それとこれとはレベルが違う。警察のご厄介になる類《たぐい》のものだ。それに――先ほど思い知ったばかりではないか。友樹を追い回しているクラスメイトが仁実だと知られたら、どうなる？　ただでは済まないだろう。刑事罰を受けるよりも、はるかに恐ろしいことが起こるかもしれないのだ。そうと知りながらやつの家に忍び込むなんて、まさしく飛んで火に入る夏の虫だ。この辺りで手を引くのがどう考えたって賢明だ。

なのに——だというのに。

やめにしようという気持ちになれないのは、どういうわけだ？

（9／18）

仁実《ひとみ》は、帰宅した。

仁実の家は友樹《ゆうき》のアパートから遠く離れていたので、着くころには零時を回っていた。自宅のこの上なく気温は冷え込んでいたのだが、しかし、仁実の体は逆にほてっていた。自宅のアパートのオートロックを外して、階段を登り、自分の部屋に着き、鍵を開けて入室し電気をつけたころになっても、その熱は冷めなかった。

ワンルームのアパートだった。友樹が住んでいたようなぼろい場所ではなく、小綺麗《こぎれい》な内装。家具も、それなりにいいのが一通り揃《そろ》っている。この部屋の写真を撮って街行く人に見せたら、十人中十人が、住人はそこそこ裕福な家の娘だと答えるだろう。

実際、裕福な家の娘だった。

親が資産家だった。しかし、学校にも行かずふらふら遊んでいたら、自分の力で生きていきなさいと言われ、追い出された。連絡を断たれて早数年、今や両親の顔さえおぼろげになっていた。それなりの資産を与えてもらっていたので、当面の生活には困らなかったが、ずっとこのままというわけにもいかない。とりあえずは高卒の資格を取るため、定時制の高校に通っている身分のはずだった。ろくな背景のない、ただのボンボンのボンクラ。それが自分だ。恥ずかしくて人にはあまり話したくない身の上のはずだった。

そのはずなのに――今夜のことは一体全体どういうわけだ？　いや、今夜に限ったことではない。最近の私はどうもおかしい。あの幽霊女を追いかけるようになってから、自分でないなにかに取り憑《と》かれているような、違う存在に変貌しつつあるような、そんな気分を覚えていた。

部屋のベッドに仁実は身を預けた。落ち着こうとするのだが、全然だめだった。友樹を尾行していたときの心境が嘘《うそ》のように、不安で不安で仕方なかった。

その不安の矛先が反町《そりまち》友樹に向けられるまで、時間はかからなかった。

あいつの正体を暴きさえすれば、あたかもそれさえ達成すれば、この不安が消えてなくなるとでもいうかのように、仁実の心はそれに熱を上げた。

明日だ。

明日、あいつの家に忍び込む。

（10／18）

翌日、仁実は学校に行かなかった。

一時間目と二時間目が終わって中休みになり、完全に日が沈んだ時刻、仁実は行動を始めた。給食にありついているのであろう天野《あまの》姉妹に連絡を取り、反町友樹《そりまちゆうき》の出席を――ひいては自宅に不在であることを確かめた。昨晩と同じく帽子《ぼうし》とマスクで顔を隠して、友樹のアパートに向かった。

当然ながら、昨晩と変わらぬ場所にアパートは建っていた。友樹が昨日、ポストの中身をのぞいていたので、一〇七号室が彼女の部屋だとわかっていた。仁実はアパートに入り、部屋の位置を確認する。これも当然ながら鍵がかかっていたので、裏手に周り、一〇七号室の窓に向かった。

そして、持ってきた鞄《かばん》の中から、ドライバーを取り出した。

窓枠とガラスの隙間に、打ちつけた。一箇所を続けざまに攻撃すると、ひびが入った。今度は別の場所を攻撃し、さらにひびを大きくする。十分大きくなったところで手を使い、ガラスを取り外して部屋の中に手を差し入れた。内側から鍵を外して、窓を開けた。

昨晩のうちに、窓破りの方法を調べていた。こうするのが最も効率的で、なおかつ、音が鳴らない。仁実の腕が不十分なせいで若干の音がしてしまったが、アパートの住人にはたぶん聞こえなかっただろうし、仮に聞こえていたとしても、窓ガラスが破られている音だとは見当もつくまい。よしんば警察に通報されたとしても、現場に到着するまで数分はかかるはずだ。家探しをするには十分な時間である。

窓を割る瞬間、仁実の心には少しばかりの葛藤も生まれなかった。器物損壊、および家宅侵入。掛け値なしの犯罪者になってしまったのにもかかわらずだ。夜中に犯行計画を練っているときも、昼に道具を調達しているときもそうだった。初めてやることのはずなのに、全然どきどきしない。好きな音楽を聴いているときのように、心が落ち着いてしまっている。昨晩友樹を尾行したときと同じ状態だ。

私には、空き巣の才能でもあるのだろうか――？

仁実は部屋に入った。割れた窓から街灯の光が差し、部屋を薄く照らしていた。仁実と同じ、ワンルームのアパート。だがしかし、仁実のそれよりも数段貧相だった。部屋のぼろさもさることながら、かなり散らかっているし、家具も最低限しかない。見目麗しい容姿をしている反町友樹だが、あの浮世離れしたオーラとは対照的に、ものすごく生活感のある部屋だった。どうやら彼女はずぼらな女らしい。が、その程度の秘密がわかった程度で満足する仁実《ひとみ》ではなかった。自分が望むのは、もっと決定的なもの。それが隠されている可能性が最も高そうな場所を、周囲にすばやく目を走らせて仁実は探した。

クローゼットの前で、目が止まった。

部屋の壁に備え付けてあるものだ。あそこだ、と直感した。超強力な磁石に引かれているかのように仁実は扉に飛びついた。意識するよりも先につかんでいた取っ手を、引っ張ろうとした。

そのときだった。

「――そこまでだ」

（11／18）

何者かに手首をつかまれた。

ひんやりとした感触だった。幽霊にでも触られたかのようだ。体温を感じた瞬間に仁実はその正体を察したが、それでも一応、腕が伸びてきている方向に目を向けた。

反町友樹《そりまちゆうき》だった。

幽霊のような女が、そこにいた。

「――な」

喉が詰まった。言葉が一時、止まった。

「なんで、あんたが」

「そりゃ、私の家だからね」友樹は答えた。

「学校にいたはずでしょう？　ここまで飛んで来られるわけが……」

「悪いけど、それは私の代役だ」友樹は言う。

「私が不在のうちに忍び込むと予想したからね。代わりに授業を受けてもらってる。……私が出席してるって、友達にでも聞いたのかな？　別人だとは気づかなかったみたいだね」

そうだ。この人には付き人がいるのだった。だったら、それが成り代わっているという可能性も考えられたではないか。どうして思い至らなかった？　どうして天野《あまの》姉妹に、もっとしっかり確認しろと指示しなかった？

友樹はもう片方の手を使い、仁実の帽子《ぼうし》とマスクを剥《は》ぎ取《と》った。顔と名前を覚えていたらしく、「骨塚《ほねづか》仁実さん、だったっけ」と言ってくる。

「昨日、家まで尾行してたのには気づいてた。あの人がやられたんじゃ、私がやるしかないと思ったから、あえてあなたを泳がせてここに誘った。……かなり手こずらせてくれたけれども、最後で詰めを誤ったね。急に学校を休んだりなんかしたら、自分が犯人だって教えてるようなものだよ。私みたいに代役を立てるべきだったね」

返す言葉もなかった。友樹《ゆうき》の不在を狙うことにばかり気を取られて、考えが回らなかった。仮に友樹の正体を突き止めたとして、翌日以降どうするつもりだったんだ？　うつけ者め、と仁実《ひとみ》は自分を罵倒する。

「さて」

仁実をつかむ右手に、友樹は力を込めた。

「私の要求はひとつだ。――手を引いてくれ」

手首を強くつかまれたせいで、自分の脈拍を仁実は感じた。

「どうして私にちょっかいをかけたのかは聞かない。しつこくつけ回したことも、勝手に机を漁《あさ》ったことも、窓を壊したことも、不法侵入したのも別にいい。不問に付す。だけど――そこから先はだめだ。なおも進もうというのなら、邪魔させてもらわないといけない。どんな手を使ってでも」

どんな手とは、具体的になんのことだろう。聞く必要を仁実は感じなかった。

「悪いことは言わない。ここらで手打ちにしよう」

そう言った友樹の声色は、高圧的でもなければ下手に出るふうでもなかった。ただの提案。それ以上のニュアンスは含まれていなかった。含ませる必要がなかったのだろう、と仁実は理解する。その気になれば、仁実なんてほこりを払うように消し飛ばせる実力と、自信を、友樹は持っているのだ。

その事実は、申し分なく仁実に伝わった。

救いの手を差し伸べられたような気分を、仁実は感じた。よかった。これでようやくやめられる。ここ最近、自分に取り憑《つ》いていたものから、解放してもらえる。

いつの間にか下を向いていた顔を、仁実は上げた。反町《そりまち》友樹と目を合わせた。

降参を口にしようと、確かに思った。

——しかし。

そこで、また、例のやつが来てしまった。

「わかったわ」仁実は言った。

「今までのこと、ごめんなさい。あんたのことが、どうしても気になって」

仁実は取っ手から手を放した。数歩下がって、クローゼットから距離をとった。

「わかってくれればいいよ」

友樹《ゆうき》は言って、右手の拘束を緩めた。

その隙を突いた。

仁実《ひとみ》は勢いよく手首を引いた。それをつかんでいた友樹の腕と、彼女本体の重心が前に偏った。仁実はもう片方の手で友樹の肩をつかみ、さらに前方へ力を与えた。狙い通り彼女は前につんのめってくれたので、その背中を肘で押して勢いを助長させた。またまた狙い通り、バランスを損なった友樹は床に転んでくれた。

友樹を、どけたのだ。

邪魔する者がいなくなった道のりを仁実は進んだ。大股でずんずんと歩き、クローゼットに手をかけようとするのだが――

「行かせるか！」

その足を、友樹につかまれた。

床に寝そべった状態で、右腕を伸ばして仁実の足首をつかんでいた。ぐいぐいと引いてくる。仁実も対抗して体を低くし、友樹の手を引き剥《ひは》がそうとするのだが、もう片方の左手がそれを阻止してきた。

友樹の左手。

それが仁実の手に触れると、生身の指ではない感触がした。思わず口にしてしまった。

「あんた——その指、どうしたの？」

言葉を放った一瞬後、友樹は動揺を見せた。〈しまった〉と顔に書かれていた。

さらに一瞬後、友樹がふっと姿を消した。

そのまたさらに一瞬後、仁実の左こめかみに衝撃が走った。床に倒れ、横向きになった視界に、片足を下げつつある友樹の姿が映った。左側に回り、キックを入れてきたのだ。ずきりと痛むこめかみ——どうやら皮膚を切ってしまったらしい——に顔をしかめつつ仁実は体を起こすのだが、それを待ち構えるかのように友樹の右ストレートが迫った。

その際、右脇のガードがわずかに空いたのを仁実は見逃さなかった。

反撃のキックを放った。友樹の右脇腹にクリーンヒットしたそれは、右ストレートの勢いを相殺しきって、なお飽き足らず彼女を後方に運んだ。六畳一間の部屋ゆえ、ほとんど勢いを損なわないうちに壁と激突した。昨夜のスーツの女性みたく気絶はしてくれず、友樹はすぐに顔を上げるのだが、右脇腹を押さえる彼女の顔は苦悶《くもん》に満ちており、すぐ反撃に転じるのは無理そうだった。

仁実は、友樹から目を離した。クローゼットに向かった。

「……なんでそんなに執着するんだ！」

友樹《ゆうき》の言葉が背中に浴びせられた。

仁実《ひとみ》は、腹の底から叫んだ。

「――こっちが聞きたいわよ!!」

取っ手をつかんで、乱暴に引いた。

クローゼットの中身が、仁実の前に晒《さら》された。


（12／18）


そこには、百花繚乱《ひゃっかりょうらん》の衣装が並んでいた。

例えばメイド服。例えばバニースーツ。白のワンピース。体操着。制服のブレザー。水着にチャイナドレスに三角帽子《ぼうし》と黒いローブ。一番端には、なぜかタオルがかかっていた。洗ったあと、干しっぱなしにしてあるのだろうか。

コスプレ衣装だ、とは思わなかった。

それが・・・・ゲームの衣装だということを、知っていたからだ。

反町《そりまち》友樹が何者なのか、仁実は完全に理解した。

自分が何者だったのか、仁実は完全に思い出した。

（13／18）

すべて、思い出した。

あれは、初めてゲームに参加したときのこと。

たぶん、全プレイヤー中、最も舐《な》め腐った理由だと思う。友人から誘われたのだ。前の仕事を首になって、働き口を探していたという事情もあり、深く考えずに仁実はゲームに参加した。命懸けのゲームなんてものが本当にあるとは驚いたが、やってみると案外、簡単だった。やすやすとクリアし、その日暮らしの生活をそれまでしていた仁実には、とても信じられないぐらいの大金を獲得した。

あれは、プレイヤー街道を驀進《ばくしん》していたときのこと。

仁実と友人には、才能があった。真面目にやれば、まず負けなしだった。幸運にも恵まれた。早い段階で師匠となる人物を見つけ、そのノウハウをもらい受けることができた。ゲームは連戦連勝。友人と二人でこれでもかと荒稼ぎした。仁実たちほどうまくやれずに死んでいくほかのプレイヤーたちを見て、しょせん世の中、才能と運がすべてなんだなと思った。うまい話に巡り合えるかどうかでなにもかも決まる。夜遅くに一人帰る塾通いの子供たちや、よれよれのスーツに身を包むサラリーマンを横目にして、必死の努力お疲れ様ですと仁実《ひとみ》は思った。

あれは、痛い目を見ることになったときのこと。

友人が死んだ。命懸けのゲームだから当然ありうることなのだが、なぜだ、話が違うじゃないかと当時の仁実は思った。それだけ舐《な》め腐っていたのだ。聞けば、友人は三十回目のゲームに敗退したらしい。〈三十の壁〉。三十回あたりのゲームで、プレイヤーの死亡率が極端に高くなるという怪現象。その存在を、仁実は強く実感した。

あれは、プレイヤーを辞めたときのこと。

仁実も三十回が近づいていた。〈三十の壁〉を越えることはできないと判断した。死ぬまでプレイヤーを続けると決心した者でなければ、あの先には行けない。仁実のような半端者では、挑むことは許されない。そう思ったからだ。

引退の際、エージェントに頼んで記憶をいじってもらった。友人が死んだのに、自分だけ生き延びることに後ろめたさがあったし、ゲームの賞金のせいで金銭感覚が狂っていたし、事ここに至っても、このうまい話に未練が残っていたというのもあった。ゲームのことを忘れでもしなければ、きっと私はゲームを続けてしまい、破滅する。断ち切っておくべきだと思った。まっさらな自分になって、これからは真面目に生きるのだと決心した。

決心した、はずだったのだが。

（14／18）


仁実は肩をつかまれた。

床に転がされた。至近距離に友樹《ゆうき》の顔が映ったので、彼女に倒されたのだとわかった。呆然《ぼうぜん》としていた仁実はろくな抵抗ができなかった。いや――仮にしっかりしていたとしても、抵抗しなかっただろう。もはやその必要はなくなっていたからだ。

「――あんた」と仁実は言葉を放つ。

「プレイヤーだったのね」

友樹は目を見開いた。「知ってるの？　ゲームのこと」と聞いてきた。

「ええ。思い出したわ。全部」

仁実は左のこめかみに手を当てた。先ほど友樹に蹴られ、出血している。手のひらに付着した血液が窓明かりに照らされた。

ほんのわずかに、白く変色していた。

その原因を仁実は承知していた。〈防腐処理〉である。あのゲームに出場するためには、事前に肉体改造を受けなければならなかった。それによりプレイヤーたちは体臭を持たず、死体となってもその肉が腐ることはなく、体から抜け出た血液はたちまち、白いもこもことした物質に変化する。プレイヤーを辞めてからは、人体のターンオーバーとともに〈防腐処理〉も少しずつ失われつつあったが、まだわずかに効果が残っていたようだ。

「少し前まで、プレイヤーをやってたのよ」仁実《ひとみ》は言う。

「三十回近くまで行ったんだけど……あそこから先は、舐《な》めた態度じゃやってけないから、やめたわ」

友樹《ゆうき》は合点がいった様子で、「そうか、記憶を消して……」とつぶやいた。運営が記憶処理の技術を持っていると、知っているようだ。

「奇遇だね。偶然、同じ学校に通ってたなんて」

「まったくよ」

友樹の左手を、仁実は見た。

「その左手、なくしたの？」

「まあね」

友樹は電灯のひもを引っ張り、部屋の電気をつけ、その左手を仁実に見せつけた。生身に似せて造られていたせいでわかりにくかったが、中指から小指にかけてが、人工のものだった。

また、電気がついたことでもうひとつ発見があった。前髪からのぞく友樹の両目が、左右で色を別にしているということだった。

左目に比べて、右目の色彩が、薄い。

「……あんた、その右目」

友樹は右目の前髪に触れながら、「ああ、うん……」と答える。

「そういえばカラコン入れるの忘れてたな。学校ではそれで隠してるんだけどね。昔、出場したゲームでやらかしてさ。今のところは大きな問題じゃないんだけど……」

仁実はクローゼットに目を向けた。無数の衣装が並んでいた。すぐには総数を数えきれなかったが、おそらくは、三十着以上ある。

そして、左手と右目の怪我《けが》。

そのふたつは、証明だった。仁実が挑戦できなかった〈三十の壁〉に友樹が挑み、それを乗り越えたということの証《あかし》だ。

「すごいわね」と仁実は称賛を送る。

「尊敬するわ。そんなになってまで、プレイヤーを続けられるなんて」

その言葉に対し、友樹は長く黙った。ことのほか、彼女の心にヒットするものがあったようだ。

部屋の電気を消しながら、友樹《ゆうき》は答える。

「諦められるってことも、立派な才能だと思うよ」

（15／18）

仁実《ひとみ》を帰したあと、幽鬼《ユウキ》は部屋の中でぐっと背伸びをした。彼女に蹴られた右脇腹が痛んだので、すぐにやめた。あいつ強かったなあ、と思いながら、エージェントに電話をかけた。

ワンコールで電話がつながった。「はい」

「幽鬼《ユウキ》です。例の件、片付きましたよ」

「そうですか」

なんとなく声色が冷たかった。幽鬼《ユウキ》は少し不思議に感じつつ、尾行者の素性を伝えた。その正体が骨塚《ほねづか》仁実であること。運営の手により記憶を消去し、一般人として生活していたのだということ。

「なるほど」とエージェントは感想を述べる。

「それで、武術の心得があったわけですか」

エージェントを一撃で倒した投げ技も、幽鬼《ユウキ》の警戒網をかわし続けた尾行技術も、プレイヤー時代に培ったものだろう。記憶をなくしても、体が覚えていたというわけだ。三十回目前だったと自称していたし、現役時代は腕の立つプレイヤーだったに違いない。

「あの。ところで言いにくい話なんですけど」

「なんです？」

「クローゼットの中、彼女に見られたんですよ。私がプレイヤーだってばれちゃったんですけど、私の学生生活、どうなりますかね」

「……相手もプレイヤーだったわけですからね。事実確認の必要はありますが、おそらく問題ないかと。今まで通り通学なさってください」

「よかった。仁実さんのほうはどうなるんですか？」

「別に、どうもなりませんよ。思い出した記憶とともに、学生生活を続けるだけです。再び運営に記憶消去を依頼するかもしれませんが、我々の関知する問題ではないですね」

ただし、とエージェントは続ける。

「できれば忘れさせて差し上げたいですがね。特に、私を投げ飛ばしたこととか……」

（16／18）


友樹《ゆうき》のアパートで一悶着《ひともんちゃく》あった、翌日。

仁実《ひとみ》は学校に行った。一時間目と二時間目の授業を終え、中休み。天野《あまの》姉妹とともに食堂のテーブルについて、給食の時間だった。

「――だってさ、瓶のコーラはちょっとしか入ってないわけでしょ？」

天野姉妹の姉のほう、天野風見《かざみ》が言った。

「それなのに、缶のコーラと中身が同じだったら、不公平じゃない？　絶対、おいしく作られてると思うんだよ。そうじゃなきゃ、瓶のやつを買う理由がないもの」

「そんなわけないよ」

天野姉妹の妹のほう、天野日和《ひより》が反論する。

「それを言うなら、ペットボトルの二リットルのやつはどうなるの？　同じ工場で作ってるんだから、同じだよ。容器が違うから、味も違う気がするだけだよ」

姉妹の真正面に座る仁実は、無言で給食と格闘しながら、そのさまを見守る。

「仁実は」「どう思う？」

こっちに飛び火した。「知らないわよ」と仁実は答える。

「メキシコのコーラがうまいってのは、聞いたことあるけれど」

「えー」「そうなの？」

しまった、興味を惹《ひ》いてしまった。メキシカンコーラはサトウキビを原料に使っているからうまいらしいという雑学を、仁実は語るはめになった。

コーラにまつわる論争に天野姉妹が戻ったところで、仁実は食堂を見渡した。友樹の姿は、なかった。彼女は給食を受給していないので、当然だ。
一、二時間目の授業で、反町《そりまち》友樹が出席していることは確認した。向こうも仁実を認識したようだったが、お互い言葉を交わすことはなかった。たぶん、昨日のことは、水に流してくれたのだろう。窓の修理代ぐらいは払うべきかと仁実は思ったが、なんとなく言い出しにくかった。向こうから言ってこない限り、知らぬ存ぜぬを決め込むことにした。
反町友樹の正体を探らねばならぬという、謎の使命感。それはおそらく、彼女がプレイヤーだと無意識下で勘づいていたがゆえのことだろう。一度は背を向けたはずの世界に、仁実は惹かれていた。あの世界に未練を残していたのだ。

その未練に従ってプレイヤーに復帰する手もあったが、仁実はそうしなかった。プレイヤーの才能はあったが、それを続ける覚悟がなかったからだ。覚悟もないまま、あの道を行くことはできない。このまま学校に通って、日当たりのいい道を模索するのが賢明だろう。

それから、再び記憶を消すこともしないと決めた。また友樹《ゆうき》を追いかけることになるかもしれないし、自分の過去と向き合える程度には仁実《ひとみ》も成熟していたからだ。

給食を片付けて、天野《あまの》姉妹に目を向ける。

知らぬ間に、別の話題に変わっていた。風邪をひいているとき、無性にアイスが食べたくなるのはなぜだろうという話だった。

「あんたらといると安心するわ」仁実は言った。

「なにそれー」「どういう意味?」

「褒めてんのよ」

(17/18)

その日の帰りに、仁実はふと思い出した。

現役時代、仁実には師匠がいた。錐原《キリハラ》というプレイヤーだった。仁実と同じく三十回近くのクリアを達成していたが、大怪我《おおけが》を負ったために引退し、新人プレイヤーの指導役に回っていた。ゲームの記憶を消してからは一度も会っていなかったが、思い出した今、彼女はどうしていることだろうと仁実は気になった。

連絡をとってみよう、と思った。

思い立ったが吉日だった。深夜なのもわきまえず仁実は電話をかけた。電話帳には登録していなかったが、師匠の家の電話番号は覚えていた。

ぷるる、ぷるる、と複数回のコールを挟んで、電話がつながる。

「もしもし」

師匠の声ではなかったが、聞き覚えがあった。「もしもし」と仁実は言ってから、

「えっと、確か……心音《ココネ》？」

「……そうですが」

やはり、心音《ココネ》だった。そうだ――私は天野姉妹の前にも、双子の知り合いを持っていたのだった。

「そういうあなたは、一巳《ヒトミ》？」

おそらくはプレイヤーネームのほうで心音《ココネ》は呼んできた。「ええ」と仁実は答える。

「久しぶりですね。どうしたのですかこんな時間に？　というか……プレイヤー時代の記憶は消去したのでは？」

「いや、それがちょっと事情があって……」詳細は省略することにした。「ふと気になっ

て、電話してみたのよ。師匠に代わってくれるかしら？」

「…………」

心音《ココネ》は応答しなかった。物音や声が聞こえなかったことから、黙って師匠に代わろうとしているふうでもなさそうだった。なんだろう、と思っていた仁実《ひとみ》の脳を、心音《ココネ》の次に放った言葉が打ち抜いた。

「錐原《キリハラ》は——桐原佳奈美《きりはらかなみ》は、死にました」

脳天から爪先まで、混乱が仁実を満たした。

「先月のことです。少し、気が向くのが遅かったですね」

「な、っ……」仁実は数秒かけて、舌のもつれを解いた。「なんで？　あの人、プレイヤーは引退してたはずよね」

「ええ」

「じゃあ、どうして」

「殺されたのですよ」

心音《ココネ》の声に、怒り、苛立《いらだ》ち、そういったもののかけらが含まれているのに仁実は気づいた。

「事情をお聞きになりますか？」

迷うべくもなかった。「聞かせて」と仁実は言った。


（18／18）

2.シティシナリオ（44.5 回目）

（0／22）

幽鬼《ユウキ》は、帰宅した。

（1／22）

学校からの帰りだった。

前回のゲーム――〈クラウディビーチ〉は一週間にも及んだ。師匠と会うためもう一日さぼりもしたので、実に久しぶりの登校だった。案の定、授業内容がちんぷんかんぷんだった。かねてよりいくつかの科目では、授業スピードについていけなくなりつつあるのを感じてもいた。ここらでひとつ、予習復習の時間をがっつり取らなければならないな、と思う。

また、学業以外のことでも問題を抱えていた。最近、どうも、学校で視線を感じる。クラスメイトの中に、幽鬼《ユウキ》のことを探っている者がいると思われた。学校内では一般人として振る舞うよう気をつけている幽鬼《ユウキ》だったが、監視の目が学校の外にまで及ぶとまずいかもしれない。こちらもそろそろ手を打たないといけないな、と思いながら、幽鬼《ユウキ》は真っ暗な部屋の中を進み、天井から垂れ下がっているひもを引っ張った。

蛍光灯の明かりが、六畳一間を照らした。

みすぼらしい部屋だった。床と言わず壁と言わずあちこち汚れていて、いかにもボロアパートといった風情。その狭い床面積に比例して、家具も少ない。寝具一式と、冷蔵庫と、小さな机がひとつあるばかりだ。かつては口の閉じられたゴミ袋がたくさん転がっていたが、今はひとつもない。ゴミ出しの曜日を見逃さない社会性を幽鬼《ユウキ》が身につけたからだ。

もっとも、脱ぎ捨てたジャージや、しまうのが面倒で机に放った教科書類、手の届く場所に落ち着いてしまった殺虫剤や除菌シート、すぐに持ち出せるよう机の下に待機させてある各種貴重品などなどが床に転がっていたため、散らかっている印象があることには、変わりがなかった。

住み始めて何年になるだろうか、慣れ親しんだ我が家だった。ゲームの賞金もかなり貯《た》まっているし、もっといい家に住もうと思えば住めるのだが、どうにも愛着があって離れられない我が家だった。

学校鞄《かばん》を机の上に置いて、幽鬼《ユウキ》は着替えた。使い始めて一年以上、今や恥じらいなく着こなせるようになったセーラー服を脱ぎ、床に脱ぎ捨ててあったジャージを代わりにまとう。セーラー服をしまうため、アパートの壁と一体化した形で備え付けられているクローゼットを、幽鬼《ユウキ》は開けた。

すでに、さまざまな衣装で満杯だった。

ゲームで使用した衣装を、取っておく習慣が幽鬼《ユウキ》にはあった。〈クラウディビーチ〉が四十四回目のゲームだったので、衣装も四十四着。最初期のいくつかは捨ててしまったので同数ではなかったが、それでも、四十余りの衣装が揃《そろ》っている。

そこには当然、〈クラウディビーチ〉で使用した水着もあった。それを目にすると、あのゲームのこと、そのあとのことが幽鬼《ユウキ》の頭に浮かぶ。師匠と一年半ぶりの再会を果たして、その帰りに受けた、エージェントからの緊急連絡——。

「……見過ごせないよな、やっぱり」

セーラー服をハンガーにかけながら、幽鬼《ユウキ》は言う。

授業の予習復習も、謎の視線への対応も、後回しにするしかなさそうだった。


(2/22)


〈クラウディビーチ〉。

絶海の孤島を舞台としたそのゲームで、幽鬼《ユウキ》は苦戦を強いられた。自分より格上のプレイヤーたる永世《エッセイ》としのぎを削り、なんとか幽鬼《ユウキ》は生還。これにて、幽鬼《ユウキ》のクリア回数は四十四回となった。師匠から受け継いだ、九十九回のゲームクリアという目標。その折り返し地点が見えるところに迫っていた。

が、その成果に冷や水を浴びせる出来事があった。時系列としては幽鬼《ユウキ》が〈クラウディビーチ〉を戦っている間のことだったが、その報告が幽鬼《ユウキ》の耳に入ったのは、ゲームの終了後、マジックバーにて師匠と会い、そこを後にした直後のことだった。

「――確かなんですか？」

携帯を耳に当てて、幽鬼《ユウキ》は言った。

通話相手は、幽鬼《ユウキ》のエージェントだった。一応、連絡先を教えてはいたが、こうして電話をかけてくるのは珍しいことだった。なんだろうと思って電話を取ったところ――どでかいハンマーで、がつんと一発殴られた。

「確かではありません」と彼女は答える。

「さっきも申し上げました通り、裏は取れていません。ほかのエージェントから聞いた話でして……その彼女は、さらに別のエージェントから聞いたそうで……噂話《うわさばなし》のレベルです。証拠はまだ、なにひとつありません」

ですが、とエージェントは続ける。

「波乱のゲーム。もし本当に起こっていたら、憂えるべき事案です」

エージェントの話によれば、そのゲームには八十人のプレイヤーが参加していた。通常、ゲームの生還率は七割前後なので、五十人から六十人ほどが生還するものと考えるのが妥当だ。

しかし、実際には、生還できたのはたった三人。偶然の結果とは考えられない、明らかな異常事態だった。

「原因は？　単なる事故か、それとも……」

あまりにも気が動転して、愚かな質問を幽鬼《ユウキ》はしてしまった。「わかりません」という当たり前の回答をエージェントはする。

「それが起こったという情報しか手元にはなく……。ゲームの難易度設定に誤りがあったのか、プレイヤーがよほどの烏合《うごう》の衆だったのか。それとも——」

「——〈キャンドルウッズ〉のように、殺人趣味のプレイヤーがいたか」

幽鬼《ユウキ》が先を言った。

それが最も恐ろしいケースだった。〈キャンドルウッズ〉——この業界において、なかば伝説となっているゲーム。伽羅《キャラ》という殺人鬼が大暴れし、三百人以上のプレイヤーが殺害された。もしもその再来なのだとすれば——。

「続報があれば、また連絡いたします」

その言葉を最後に、エージェントは電話を切った。

物言わぬ鉄板と化した携帯を、幽鬼《ユウキ》は耳から離して、ぼうっと見つめた。

考えるのは、もちろん波乱のゲームのことだった。詳細不明。虚実も不明。なれど、幽《ユウ》鬼《キ》の心を隅から隅まで不安で満たした。あったかもしれないというだけで、恐れるには十分だった。波乱が一回限りであるとは限らない。次に幽鬼《ユウキ》が参加するゲームで、同様の現象が起こるかもしれない。九十九回のゲームクリアを目指す幽鬼《ユウキ》にとって――いや、すべてのプレイヤーにとって、それは歓迎できない事態だった。

行動を起こそう、と幽鬼《ユウキ》は思った。

波乱のゲームの真相を、探るのだ。


（3／22）


「……って言ってもなあ」

幽鬼《ユウキ》は目を開けた。

慣れ親しんだボロアパートの、天井が目に映った。

動かねばならぬ。そう思ってはいたが、いるだけだった。アパートでただただごろごろしているというのが、幽鬼《ユウキ》の現実の姿だった。

怠けているのではない。波乱のゲームについて調べようにも、とっかかりがないのだ。考えてみれば、この殺人ゲームの業界について、幽鬼《ユウキ》が知っていることは恐ろしく少ない。どうやら見世物であるらしいとわかっているのみであり、〈観客〉がどういう層の人間たちなのか、どれほどの顧客数があるのか、市場規模がどのぐらいなのか、運営母体がどこの組織でいつから存在していて年間通していくつのゲームが行われていて何人のプレイヤーが死んでいるのか、とんと知らない。そんな体たらくなのだから、自分の参加していないゲームの情報を入手するチャネルなど、持っていようはずもない。

唯一使えそうなチャネル——幽鬼《ユウキ》が唯一接触できる運営側の人間といえばエージェントだが、彼女から続報はなかった。昨日の今日なので当たり前ではあるのだが、明後日《あさって》にも明々後日《しあさって》にも、連絡が来ることはたぶんないだろうと思っていた。彼女は確かに運営側の人間ではあるものの、多くの権限を持っているわけではない。ゲームについて知っていることは、幽鬼《ユウキ》とさほど変わりがない。彼女には悪いが、続報があったらラッキー、ぐらいの心づもりでいるのがいいだろう。

プレイヤー間のネットワークを利用するのはどうだろう、とも考えた。プレイヤーからプレイヤーへ伝って、波乱のゲームを生き延びたらしい人物を探し、話を聞くのだ。六次の隔たりという言葉もこの世にはあることだし、探して見つからないことはないだろう。けだし名案のように思われたが、重大な問題がひとつあった。他プレイヤーの連絡先を、幽鬼《ユウキ》は誰一人として存じ上げていないのだ。クリア回数は四十回を突破、そこそこ顔を知られるようになってきた幽鬼《ユウキ》だったが、プライベートで親交のあるプレイヤーは皆無だった。他人を当てにしないプレイスタイルをとってきたことが、ここにきて災いした。古詠《コヨミ》や師匠にならら連絡を取れなくもなかろうが、古詠《コヨミ》はどうやらプレイヤーを辞めたようだし、師匠にはあまり頼りたくない気持ちがあるしで、幽鬼《ユウキ》の気は進まなかった。

あれもこれも、方法として不十分。

八方塞がりに思われたその状況に光明が差したのは、日付の変わる直前のことだった。

「……そっか、あの人がいたか」

自分の左手を見つめて、幽鬼《ユウキ》は言った。

幽鬼《ユウキ》の左手。その中指から小指にかけては、新しく取り替えたものだった。もはや懐かしく感じつつもある三十回目のゲーム——〈ゴールデンバス〉にて不可逆のダメージを負ったため、義体職人にこしらえてもらったのだ。

そういう視点で見たことは今までになかったのだが、考えてみれば、あの人はかなり、この業界に精通しているはずなのだ。職業柄、数多くのプレイヤーにあの人は接触している。波乱のゲームの生き残りにも、ひょっとしたら会っているかもしれない。

思い立ったら行動だった。幽鬼《ユウキ》は携帯を手に取り、通話履歴からエージェントに電話をかけようとして——現在時刻が真夜中であることに気づいた。はやる気持ちを抑え、メッセージアプリにて連絡をするだけにとどめた。

〈夜分遅くに失礼します〉

〈職人さんのとこに行きたいんですが、車、出してもらえませんか?〉

返信はすぐだった。机の上に投げ出すよりも先に、幽鬼《ユウキ》の手の内で携帯がふるえた。

〈かしこまりました〉

〈いつ、お迎えにあがりましょうか?〉

（4/22）

プレイヤーには、それぞれ専属のエージェントがついている。

その仕事量は、人によりけりだ。プレイヤーをゲームに招待し、舞台に送迎するだけのドライな関係のこともあれば、もっと密接な関わりを持っている場合もある。

幽鬼《ユウキ》の場合は後者だったが、とはいえ、まるでアッシー君のような扱いをするのは考えもののような気もした。だが、仕方なかった。向かう先は、あらゆる交通機関の手が及ばない森の奥深く。車の免許を幽鬼《ユウキ》は持っていないし、相手が裏社会の人間であるがゆえ、ほかの者に頼むこともできない。エージェントを頼る以外に方法がなかったのだ。

とにもかくにも、某日。

エージェントに送迎され、森の深くに建つ屋敷を、幽鬼《ユウキ》は訪れた。

義体職人のおっちゃんが住まう館である。立地が立地ゆえ鍵はかかっておらず、訪問者は勝手に入ってもいいことになっていた。幽鬼《ユウキ》は扉を開け、廊下を進み、おっちゃんの工房の扉をノックした。

返事はなかった。

「…………」

幽鬼《ユウキ》は、無言で工房に入った。

前回訪れたときと、変わりない部屋の様子だった。物が大量に溢《あふ》れているものの、病的なまでに整然としている。幽鬼《ユウキ》の部屋の正反対ともいえる空間だ。

人の気配はなかった。

だが、不在ではないだろう、と幽鬼《ユウキ》は思っていた。

前のときもそうだった。不在であると見せかけておいてあの人は、体の小ささを活《い》かして麻袋に潜み、突如声を張り上げて幽鬼《ユウキ》をびっくりさせた。あのサプライズを、今回もやろうとしているのに違いない。

そうはいくものか、と幽鬼《ユウキ》は思った。目を皿にして、おっちゃんの気配を探った。あの人の体格なら、隠れる場所はいくらでもある。麻袋の中はもちろん、棚の裏、工作機械の中、床下や天井裏ということもあるかもしれない。しかし、姿を隠しても気配まで隠し切るのは不可能だ。息遣い、衣摺《きぬず》れ、体温に体臭。わずかな手がかりも見逃さぬよう、幽鬼《ユウキ》は神経を研ぎ澄ませる――。

かたり、という音を背後で聞いた。

幽鬼《ユウキ》は振り返った。

音の発生源が、机の上で転がった鉛筆であるとわかったのと、左肘になにかぶつけた感触があったのとが同時だった。首を前に戻すと、壁に立てかけられていた工具のひとつが倒れつつあるところだった。振り返る際、左肘にひっかけてしまったのだ。そこからはもうドミノ倒しだった。工具から工具へと被害が連鎖し、しまいには棚ひとつを転倒させるまでに至った。ものの十秒もしないうちに、部屋の一角が目も当てられないほどぐちゃぐちゃになった。

「……なにやってんの、自分？」

　工房の入り口のほうから、声がした。

　おっちゃんだった。一風呂浴びていたのだろうか、湯気が立っていた。


（5／22）

「いらっしゃい」

　おっちゃんに椅子を勧められた。

　来客用の、幽鬼《ユウキ》が座るに十分な高さがあるものだった。「お邪魔してます……」と言い、幽鬼《ユウキ》は椅子の上に小さくまとまった。

　そして、前を見た。

　おっちゃんが座っている。相変わらずのちっちゃな体に、相変わらずのひげもじゃ。どうやら風呂上がりのようで、髪もひげも乾き切っていない。

「あの……すいません、あれ」

　幽鬼《ユウキ》は言って、とっ散らかった部屋の一角に目を向けた。

「前みたいに、わしが隠れてるって思ったん？」

「はい……」

「じゃあええよ。発端はわしみたいなもんやし」

鷹揚《おうよう》な対応だった。「すいません……」と、それでも幽鬼《ユウキ》は繰り返した。

恥ずかしかった。おっちゃんが潜んでいると勘違いしたことに――ではない。その後、左肘を工具にひっかけてしまったことについてだ。空間把握ができていなかったということである。ゲームの外とはいえ油断が過ぎるぞ、と幽鬼《ユウキ》は自省する。

「それで……定期検診に来たんかな？」

おっちゃんは言った。幽鬼《ユウキ》は、膝の上で左手を握った。

「それもあるんですが、聞きたいことがありまして。職人さん、この業界の噂《うわさ》には明るいですよね？」

「まあ、職業柄ね」

幽鬼《ユウキ》は事情を話した。波乱のゲームが起こったということ。幽鬼《ユウキ》の知る中で、訳知りと思われる人物はおっちゃんしかいなかったこと。もし知っていることがあったら、教えてほしいということ。

おっちゃんの反応は幽鬼《ユウキ》にとって意外なものだった。

「――なんや、自分もそれかいな」

幽鬼《ユウキ》は目を丸くした。おっちゃんは濡《ぬ》れたひげを触って、

「いやね。最近のお客さん、全員そのこと聞いてくるんよ。やっぱりみんな、気になるもんやねんなあ」

そうか、と幽鬼《ユウキ》は思った。

波乱のゲームのことを知っているのは、なにも幽鬼《ユウキ》だけではないのだ。エージェントからプレイヤーに、プレイヤーからプレイヤーに噂が広まって、きっと今や周知の事実なのだろう。幽鬼《ユウキ》と同じことを考えるプレイヤーが、ほかにもいて当然だ。おっちゃんの顔が広いことは想像できたが、そこまでは頭が回らなかった。

「そんで、いつも同じように答えてんのやけど」とおっちゃんは続ける。

「知らんよ。なんも知らん。もう長いことこの仕事続けてるけど、わしかて一般人やさかい。ゲームのことはようわからん。何人か生き残ったらしいプレイヤーも、わしのお客さんの中にはおらんし」

「……そうですか」幽鬼《ユウキ》の声が沈んだ。

正直、参った。ここが頼みの綱だったのだが——。

「なんやろ。みんな、わしが業界通に見えるんかな?」おっちゃんは笑う。

「みんながどうかはわかりませんけど、私には見えましたね……」

「たぶん、自分よりもなんも知らんで。ゲームの〈観客〉でもないし、運営で働いとったこともないし。この通り男やさかい、プレイヤーやっとったわけでもないし。……そんなにもやばい話なん？　その、波乱のゲームっちゅうんは」

「かなりやばいと思ってます。〈キャンドルウッズ〉の再来かもしれないですから……。業界通な人、お知り合いにいたりしませんか？　紹介してもらえると嬉《うれ》しいんですが……」

「いやあ、それもあんまりやね。こんな屋敷に住んでて、知り合いとかできるわけないし。自分らみたいなプレイヤー以外には――」

　そこで、おっちゃんの口がぴたりと止まった。

　ただでさえ濃い顔のしわをさらに増やしてから、発言を再開する。

「そういや、一人おったな。あいつまだ生きてんのかな……」

「あいつ？」

「うん。元プレイヤーで、わしみたいに裏方に回ったやつがおってね」

　おっちゃんは、自分の腕を削るジェスチャーをする。

「刺青《いれずみ》の彫り師やっとるわ。あいつなら、なんか知ってるかもね。定期検診のときに会うぐらいやから、今も同じとこに住んでるかは知らんけど……よかったら住所教えよか？」

　断る理由はなかった。幽鬼《ユウキ》はうなずいた。

（6／22）


なんとか先がつながったところで、義指の点検を幽鬼《ユウキ》はしてもらった。少し前にやってもらったばかりなので、不調な箇所は当然のようになかったのだが――。

「あれ」

メンテナンスの最中、おっちゃんは言った。

「自分、その目どうしたん？」

「え？」

おっちゃんの視線は、幽鬼《ユウキ》の右目に向いていた。左目に比べ、いささか色素の薄い右目に。

「ああ」と右目のまぶたを触りつつ、幽鬼《ユウキ》は答える。

「昔から、ずっとこうですよ。〈キャンドルウッズ〉のときにやらかしまして……。それ以来、色がくすんでいるんです」

忘れもしない幽鬼《ユウキ》の九回目のゲーム――〈キャンドルウッズ〉にて、幽鬼《ユウキ》は右目に傷を負った。死亡したかもわからない相手へうかつに近づき、手痛い反撃をもらった。失明という大事には幸いにも至らなかったが、瞳の色が薄くなるという形で、今も痕跡を残している。

「視力に問題はないんで、大丈夫ですよ。というか、今ごろ気づいたんですね？　もう何回も会ってるのに」

「うん……そうやね」

おっちゃんは言って、その話題は終わりとなった。

やけに渋い顔をしていたのが、幽鬼《ユウキ》の印象に残った。

（7／22）

あとから振り返ってみれば。

このときにはもう、カウントダウンは始まっていたのだ。取り返しのつかない喪失の時。九十九回のゲームを、達成しなければならない刻限。タイマーセットの瞬間ということでいえば、それよりもはるか前、〈キャンドルウッズ〉のときにまでさかのぼる。我が師匠が引導を渡されたのと同じように、幽鬼《ユウキ》も、あの殺人鬼から破滅の未来を与えられていたのだ。

とはいえ、振り返ったところで虚《むな》しい。仮にこのとき、幽鬼《ユウキ》が事態を認識できていたところで、どうしようもなかった。

おっちゃんから勧められた通り、彫り師に会いに行くこと以外には、なにもできなかっただろう。


（8／22）


プレイヤーネーム、錐原《キリハラ》。

本名、桐原佳奈美《きりはらかなみ》。それが彫り師の名前らしい。プレイヤーをやっていたのは十年以上前のことで、世代としては、白士《ハクシ》師匠や古詠《コヨミ》よりもさらに前。三十回近くのクリアを記録していたそうだが、両脚を失うという大怪我《おおけが》を負う。おっちゃんを訪ね、新しい脚を手に入れることはできたようなのだが、それでもプレイヤーは引退。セカンドキャリアとして、もともと趣味にしていた刺青《いれずみ》の彫り師を選んだ。

後日、幽鬼《ユウキ》は錐原《キリハラ》邸へと赴いた。

おっちゃんの同業者かつ知人なのだから、やっぱり森の中に住んでいるのかなという予想が幽鬼《ユウキ》にはあったのだが、普通に住宅街だった。教えられた住所に建っていたのは、立派なお屋敷だった。おっちゃんが住んでいるのと大きさは同程度だったが、森にあるのと街にあるのとでは、価値が大違いである。

三十近いクリア回数だったと幽鬼《ユウキ》は聞いている。その賞金だけでは、あれほどの家は建たないと思う。彫り師の仕事がそんなにも繁盛しているのか、あるいは、ほかにもなにか収入源を持っているのか。いずれにせようらやましいことだ。街の端からでも見えるその豪邸の屋根に視線を当てながら、幽鬼《ユウキ》はそれを一直線に目指した。

その道中、だった。

「――幽鬼《ユウキ》さん」

名前を呼ばれて、幽鬼《ユウキ》は振り向いた。

同い年ぐらいの娘さんが立っていた。

なんだろう、ものすごくうさんくさい雰囲気のある娘だった。居酒屋で横文字を連発しながら投資話を持ちかけてくるセールスマンのような、回答者に住所と電話番号の記入をなぜか求めてくる街頭アンケートの調査員のような、深く関わってはいけないと一眼《ひとめ》でわかる気配があった。

その娘は右手をあげていた。人に呼びかけをする際の基本姿勢だ。その状態のまま、

「お久しぶりです」と彼女は続けた。

「……どうも」

幽鬼《ユウキ》はとりあえずそう答えた。

そして、誰だろう、と考えた。久しぶりと言うからには、初対面ではないのだろう。〈反町《そりまち》さん〉ではなく〈幽鬼《ユウキ》さん〉と呼んでいることから察するに、幽鬼《ユウキ》の通っている夜間学校の関係者や、小中学校のときのクラスメイトなどではない。過去のゲームで会ったプレイヤーの誰かだと思う。しかし、まったくもって心当たりがなかった。四十回以上のゲームをこなしている幽鬼《ユウキ》なので、出会ったプレイヤーの顔と名前を、全員覚えているわけではなかった。

「誰だお前は、って顔ですね」

やがて、その娘は肩をすくめる。

「毛糸《ケイト》ですよ。一年以上ぶりなんで、忘れてるのも無理ないですか」

「毛糸《ケイト》……？」

「覚えてませんか？〈スクラップビル〉のとき、ご一緒したじゃないですか。あなたがまだ、十回目のプレイヤーだったときに」

そこまで言われて、やっと記憶がよみがえってきた。

そうだ。幽鬼《ユウキ》の十回目のゲーム――〈スクラップビル〉のときにいたやつだ。〈三十の壁〉で相対した宿敵、御城《ミシロ》と初めて出会ったゲームであり、彼女のことは強く覚えていたが、そのほかのプレイヤーはすっかり忘れてしまっていた。

「あ……あー」

納得の声とともに、幽鬼《ユウキ》は毛糸《ケイト》を指差す。

「いたなあ、そういや。プレイヤーを続けてたんだね」

「ええ、まあ、ぼちぼちやってます。幽鬼《ユウキ》さんほど頻繁にではないですが。……お噂《うわさ》はうかがってますよ。なんでも、四十回を突破されたとか」

どこで聞いたのだろう、と思いながら「まあね」と幽鬼《ユウキ》は答える。

「この様子じゃ、用事は私と同じですかね？　さすがは幽鬼《ユウキ》さん、目の付け所が正確だ」

「？　なんの話？」

「なにって、刺青《いれずみ》の話を聞いてきたんでしょう？　だから、錐原《キリハラ》さんのお宅に向かっているのでは？」

さっきまで幽鬼《ユウキ》が睨《にら》みつけていた豪邸の屋根を、毛糸《ケイト》は見る。確かに、あそこを目指しているのに間違いはなかったが――。

「そうだけど……刺青の話って、なに？」

「……？」

間抜けな顔を突き合わせること数秒。先に口を開いたのは毛糸《ケイト》のほうだった。

「あの、幽鬼《ユウキ》さん。大波乱の結果になったゲームのことは、ご存知《ぞんじ》で？」

「うん。それで、詳細を調べようと思って……知人からあそこを紹介されたんだけど」

「……はあ。すると、なにも知らずここに来たわけですか。持ってますね、幽鬼《ユウキ》さん」

「？？？」

「いやですね。私も一プレイヤーとして、波乱のゲームについて調べてたんですが……」

毛糸《ケイト》は、自分の腕を削るジェスチャーをした。昨日、おっちゃんがしていたのと同じような動作だ。

「どうにも、刺青が重要な話らしいんですよ」


（9／22）


錐原《キリハラ》邸への道すがら、毛糸《ケイト》は幽鬼《ユウキ》に語る。

波乱のゲーム。幽鬼《ユウキ》と同様、毛糸《ケイト》も己のエージェントからその情報を伝えられた。やはり幽鬼《ユウキ》と同様に危機感を覚え、調査に繰り出したのだが——ここからが違った。ぼっち女の幽鬼《ユウキ》と違い、毛糸《ケイト》には交友のあるプレイヤーがたくさんいるらしく、そのネットワークを通じて、生き残りのプレイヤーに接触することができた。怯《おび》え切っていて、話を聞くのに苦労したものの、ゲームの詳細を聞き出すことに成功したらしい。

「ゲーム名は〈ガベージプリズン〉。監獄が舞台のゲームだったようです」

　毛糸《ケイト》は言う。

「運営の用意した看守の目をかいくぐって、監獄から脱出する。普通の脱出型ですね。詳しいルールを聞きましたけど、数人しか生き残れないような難易度ではなさそうでした」

　しかし、と毛糸《ケイト》は逆接でつなぐ。

「両腕に刺青を入れたプレイヤー。それが、ゲーム終了直前に暴れ回り、大半のプレイヤーを死に追いやったそうです」

　ひとつの情景が幽鬼《ユウキ》の頭に浮かんだ。雷鳴とどろく嵐の中、ぬかるんだ監獄の地面に倒れる囚人たち。その中でただ一人、大地を踏み締める少女。両腕には、皮膚に針を打って描かれた立派な紋様が――。

「そのプレイヤーは、なんでそんなことを？」幽鬼《ユウキ》は聞く。

「わかりません。じつは対戦型のゲームだった、というわけでもないみたいですし……。そういう人だった、と考えるしかないんじゃないでしょうか」

そういう人。

いつかの殺人鬼のような、人殺しを厭《いと》わない人。

「だとしたら、まずいな……」幽鬼《ユウキ》は口元に手を当てた。

殺人鬼。あらゆるアウトローの集うこの業界において、最も危険な人種だ。前回それが確認されたとき――〈キャンドルウッズ〉における伽羅《キャラ》のケースでは、三百人以上のプレイヤーが犠牲となった。今回も同様のことが起こらないとも限らない。

「ええ。非常にまずいことです」毛糸《ケイト》が同意する。

「しかし、いい知らせもあります。波乱のゲームの犯人が刺青《いれずみ》を入れている。この情報は大きいですよ。なんといっても私たちプレイヤーには〈防腐処理〉がありますからね。一般の彫り師に頼むことはできなかったはず。自力で墨を入れたか――あるいは、訳知りの相手に依頼したはずです」

〈防腐処理〉。プレイヤー全員に施されている、ちょっとした肉体改造だ。体外に流れ出た血液が、白いもこもことした物質に変化する。

刺青を彫るというのは、出血を伴いうる作業である。〈防腐処理〉に理解のある相手でなければ、依頼はできないだろう。

「それでここを訪ねてきたわけか」幽鬼《ユウキ》は言う。

「ええ。業界人で、なおかつ刺青《いれずみ》を彫ることのできる人物。その条件で検索して、錐原《キリハラ》さんがヒットしたわけです。犯人はプレイヤーになる前から刺青を入れていたのかもしれませんし、あるいは単にシールを貼っていただけの可能性もありますが……そうでないとしたら、彼女に依頼した可能性は大です」

だとすれば、刺青のプレイヤーについての追加情報が、錐原《キリハラ》の口から語られる可能性も高い。希望が持てるな、と幽鬼《ユウキ》は思った。

会話しているうちに、幽鬼《ユウキ》と毛糸《ケイト》は錐原《キリハラ》邸前に到着した。敷地の中と外を、幽鬼《ユウキ》の背丈の倍ほどもある鉄柵が仕切っていた。そのすぐ隣には来客用のインターホンが備え付けてあり、その手前で、待機している人物が二人いた。

似たような顔立ちをした二人だった。

おそらく、双子だろう。年齢は見たところ高校生ぐらい。二人とも、家政婦のような落ち着いた色のワンピースをまとっており、背骨に鉄筋でも入っているかのごとく、しっかりと背筋を伸ばして立っていた。

彫り師の錐原《キリハラ》本人ではなさそうだった。年齢からするに、その子供たちだろうか。たたずまいからするに、この家の使用人にも見える。あるいはその両方かもしれない。

「もしもし、よろしいですか」毛糸《ケイト》が声をかけた。

「はい」「はい」

双子はほとんど同時に答えた。二人とも、生真面目そうな声だった。

「こちらのお宅を訪ねてきた者なんですが、錐原《キリハラ》さん……ではないですよね？」

「いいえ、違います」「錐原《キリハラ》なら、この中に」

双子は交互にしゃべって、邸宅に目を向けた。

「わたくしは灰音《ハイネ》」「わたくしは心音《ココネ》」「この家にお仕えしている者です」「ご用件でしたら、わたくしどもがうかがいます」

幽鬼《ユウキ》は二人を見た。向かって左が灰音《ハイネ》、右が心音《ココネ》だそうだが、見比べても一切区別がつかなかった。目を離した隙に位置を入れ替えられでもしたら、たぶん呼び間違える。絶対に目を切らないようにしようと幽鬼《ユウキ》はひそかに決心する。

決心している間に、毛糸《ケイト》が双子に事情を説明した。「申し訳ありませんが、今しばらくお待ちください」と灰音《ハイネ》が答えた。

「どうやら、まだ寝ているようで……」「再三電話もかけたのですが、つながりません」

心音《ココネ》が携帯を取り出し、おそらくは錐原《キリハラ》に電話をかけた。しかしつながらなかったようで、不満げな顔とともに携帯をしまった。その際、画面に〈12：45〉の時刻表示がされているのを幽鬼《ユウキ》は確認した。どうやら錐原《キリハラ》は相当の夜型らしい。

「鍵は持ってないんですか?」幽鬼《ユウキ》は聞く。

「この門は開けられますが、玄関の鍵は錐原《キリハラ》しか持っておりません。自分以外に鍵を持たせたがらない性格でして……」

元プレイヤーなら当然の警戒心だろう、と幽鬼《ユウキ》は思う。命の価値が軽いこの業界では、ささいな恨み事でも殺し殺されに発展する。自分の知らない間にどんな恨みを買っていて、いつ誰が自分を殺しにやってくるか、わかったものではない。

特に今は、波乱のゲームの重要参考人として名前があがっている状態なのだから——。

「………」

幽鬼《ユウキ》の頭に、かなりよくない想像が生まれた。

毛糸《ケイト》を見た。すると、奇遇なことに、彼女も幽鬼《ユウキ》に目を向けていた。

「ない話ではない、でしょうね」毛糸《ケイト》は言う。

「刺青《いれずみ》のプレイヤーは、先のゲームで八十人近くを手にかけています。自分につながる手がかりを滅するためなら、それぐらいのことは厭《いと》わないでしょう」

幽鬼《ユウキ》は双子を見た。幽鬼《ユウキ》たちと同じ危機感を共有していない二人は、なにがなにやらわからぬという顔をしていた。

「あの、門を開けてもらえませんか」幽鬼《ユウキ》は頼む。

「鍵、持ってるんですよね？」

「？　構いませんが、どのみち屋敷には入れませんよ」

「大丈夫です。——無理矢理《むりやり》侵入しますから」

双子は目を見開いた。「もしかしたら、寝てるのではないかもしれません」と幽鬼《ユウキ》は続ける。

「誤解だったら、もろもろの費用は弁償しますから。お願いします」

言葉足らずの説明だった。

だが、この双子も一般人ではないのだろう、剣呑《けんのん》な気配を読み取ったらしい。「かしこまりました」と言って、門を開けてくれた。

幽鬼《ユウキ》、毛糸《ケイト》、灰音《ハイネ》と心音《ココネ》は足早に庭を通って、屋敷の前に。立派な造りをした正面玄関の扉には鍵がかかっていて、立派な造りをしているがゆえ、こじ開けることもできそうになかった。

「幽鬼《ユウキ》さん」

毛糸《ケイト》が二階の窓を指差した。

「あれ、見えますか？　ロックがかかってません」

幽鬼《ユウキ》は目を凝らした。窓の固定具——クレセント錠のレバーが降りていた。確かに、あの窓は鍵が開いている。

窓を閉じたまま、ロックだけ外した状態にしておく。特別な事情がなければありえないことだ。例えば——何者かがあの窓から屋敷を出て、そうと悟られぬよう外から閉めた、とか。

「あそこから入りましょう」

双子の声がした。見ると、二人はどこからかはしごを持ってきていた。ありがたくも問題の窓の下にかけてくれたので、幽鬼《ユウキ》はそれを登った。

窓ガラスに手をつき、幽鬼《ユウキ》は奥をのぞいた。カーテンがかかっていたので部屋の中は見えなかったが、クレセント錠のレバーが降りていることを間近で確認できた。やはり、鍵がかかっていない。両手に横方向の力を加え、窓を開け、カーテンも開き、安全確認をした上で幽鬼《ユウキ》は宅内に侵入した。

書斎だった。

四面、本棚で囲われていた。幽鬼《ユウキ》は窓から身を乗り出し、外にいた三人に上がってくるよう伝えた。はやる気持ちを抑え続けて約一分後、毛糸《ケイト》と双子も書斎に到着。四人で廊下に出て、「あちらです」と指し示したのが双子のどっちだったか、幽鬼《ユウキ》にはもうわからなくなってしまった。

「あちらに、錐原《キリハラ》の寝室が。まだ寝ているのだとすれば――……」

その声が、途中で止まった。

彼女の鼻が、ひとつ、動いた。

「……やっぱり気づきますよね」

幽鬼《ユウキ》は言って、毛糸《ケイト》に目を向けた。彼女も事態を察しているらしく、けわしい顔をしていた。

この屋敷に入った瞬間からずっと、匂いがしていた。剣呑事《けんのんごと》の代名詞ともいえる匂い。命懸けの業界にありながら、幽鬼《ユウキ》はあまり嗅いだことのない匂い。

血の匂いだ。


（10／22）


四人が寝室に入ると、うつ伏せに倒れた遺体が出迎えた。

死体を見た経験は数多い幽鬼《ユウキ》だった。丸鋸《まるのこ》で切り刻まれたものも、全身をばらばらに解体されたものも見たことがある。もしも本当に錐原《キリハラ》が殺されていたとしても、その遺体を目の当たりにしたとしても、心乱さないでいられる自信が幽鬼《ユウキ》にはあった。

その自信は脆《もろ》くも砕かれた。

あまりにもそれが痛ましい姿だったから――ではない。確かにその遺体には、おびただしい切り傷と打撲の跡があったものの、それだけだ。もっとひどい死に方をしたプレイヤーを多数知っている。幽鬼《ユウキ》を平常でいられなくさせたのは、寝室の床に広がっていた赤色だった。

血だ。血液。〈防腐処理〉のかかっていない、人間の本来持っている血の色。錐原《キリハラ》の体から流出したそれは、絨毯《じゆうたん》を限界までひたひたにし、寝室の床を埋め尽くし、廊下にまで流出していた。もはや彼女の生還が望めないことは、一眼《ひとめ》見れば明らかだった。

これが、生《なま》の遺体。

〈防腐処理〉の効果がない、人間の死んだ姿なのか。

「……確認しますけど」

幽鬼《ユウキ》は双子を見た。その青ざめた顔から察することはできたが、一応、聞いた。

「彼女が、錐原《キリハラ》さんで間違いないですか」

二人とも無言でうなずいた。

幽鬼《ユウキ》は遺体の両脚を調べた。錐原《キリハラ》は両脚を義体にしていると聞いていたからだ。長いスカートに包まれたそれを恐る恐る触ってみると、硬い感触がした。おっちゃんの義体に間違いなかった。

幽鬼《ユウキ》は遺体から離れた。多大なるショックを受けているに違いない双子からも離れて、毛糸《ケイト》にささやいた。

「あのさ。……ふざけてるわけじゃなくて、まじで真剣な話なんだけど」

「なんです」毛糸《ケイト》も小声で答える。

「こういう場合って、警察に通報したほうがいいのかな？」

（11／22）

むろん、だめだった。

ゲームと関係のない事件ではあったが、被害者が元プレイヤーだ。表沙汰になると、問題があるかもしれない。毛糸《ケイト》が運営の関係機関に連絡すると、庭から生えてきたのではないかという迅速さで黒服の連中がどやどやと乗り込んできた。幽鬼《ユウキ》たちは寝室を追い出された。事情聴取のため双子は別室に赴き、幽鬼《ユウキ》と毛糸《ケイト》だけが廊下に残った。

「勘弁してくださいよ、幽鬼《ユウキ》さん」

額を押さえながら、毛糸《ケイト》が言う。

「人死にの場で、ああいうこと言うのやめてもらえますか」

「ごめん……」幽鬼《ユウキ》は素直に謝った。

本当に幽鬼《ユウキ》は真面目な話をしたつもりだったのだが、毛糸《ケイト》のつぼに入ってしまったらしい。双子の前で吹き出してはならぬと思ったのだろう、必死にこらえていた。彼女らがいなくなるまで見事毛糸《ケイト》は耐え切ったのだが、しかし、そのせいで、話すべきことをろくに話せていなかった。

「あの二人の確認も取れたし、両脚が義体なのも確認したし」幽鬼《ユウキ》が言う。「あの人が錐原《キリハラ》さんなのは間違いないんだろうけど。でもさ、なんで血が赤かったのかな。あの人、元プレイヤーのはずなのに」

「ゲームをやめたのは、かなり前なんじゃありませんでしたっけ？　人体の組織なんて、数年もすれば入れ替わりますから。〈防腐処理〉はとっくの昔に抜け切っていたのでは？」

「そうか……」

刺青《いれずみ》のように、一度入れたらそれっきりなわけではないのだ。

「このタイミング、偶然ではないでしょうね。まず間違いなく、刺青のプレイヤーの仕業でしょう」

「目的は？　やっぱり口封じ？」

「でしょうね。錐原《キリハラ》さんは、刺青のプレイヤーの顔と名前は少なくとも知っていたでしょうし……もしかしたら、電話番号や住所も控えていたかもしれません。なんにせよ、知られるとまずいことがあったのは確実でしょう」

遺体の状態、加えて双子の証言からすると、犯行は昨晩のことだったのだろう。間が悪いな、と幽鬼《ユウキ》は思う。

「やはり、このままでは危険か……」

毛糸《ケイト》はそうつぶやいた。

「幽鬼《ユウキ》さん。これからどうします？」

「え？　……どうしようかな」

あまりよく考えていなかった。実際に犠牲者が出てしまったからには、刺青のプレイヤーが実在していることは確かなのだろう。だが、それにつながる手がかりは消失してしまった。

「よかったら、ご協力をお願いしたいのですが」毛糸《ケイト》は言う。

「このまま刺青のプレイヤーを放っておくのは、危険です。第二の〈ガベージプリズン〉が、いつまた起こるかわかりません。……〈キャンドルウッズ〉のときは、三百人の犠牲が出たのでしたか。それ以上の被害が、刺青のプレイヤーによってもたらされることも考えられます」

「うん。そうだね」

「ですから、そうなる前に、刺青《いれずみ》のプレイヤーを謀殺したいと考えています」

もしかしたら笑うとこか、と幽鬼《ユウキ》は一瞬思った。

だが、毛糸《ケイト》の表情は真剣そのものだった。真面目な話のようだった。少なくとも、さっき幽鬼《ユウキ》がした話よりは、よっぽど。

「彼女の行方を突き止め、ゲームの外で殺害するんです。そうすれば、これ以上被害が広がることはありません」

「え。いや、……え？」

しどろもどろになったあと、幽鬼《ユウキ》は言う。

「犯罪じゃないの、それって」

「……また笑わせる気ですか、私を」

毛糸《ケイト》は半眼になる。

「そもそもが非合法な世界の住人なんですから、今更でしょう。現に刺青のプレイヤーは、少しもためらってないようですし」

寝室から流れ出た血痕に、毛糸《ケイト》は目を向けた。

「殺人鬼が暗躍しているとわかっていながら、ゲームに参加できるほど怖いもの知らずじゃありません。私の健全なプレイヤー稼業のため、ほこりは払っておきたいですね」

そういう戦略もあるのか、と幽鬼《ユウキ》は思った。今の今まで考えさえしなかった。危険なプレイヤーを、ゲームとは関係のないところで間引いておく。

もしも刺青のプレイヤーが伽羅《キャラ》のような殺人鬼だったなら、その命続く限りほかのプレイヤーを殺して回るだろう。幽鬼《ユウキ》や毛糸《ケイト》だって、ゆくゆくは標的に選ばれるはずだ。ならばこっちから攻撃に打って出る——というのは、かなり現実的な対応策である。

「——その話」「詳しく聞かせていただけますか」

横合いから声がした。

双子が戻ってきていた。事情聴取が終わったらしい。

「わたくしにも協力させてください」「その刺青のプレイヤーと、わたくしは会わねばなりません」

生真面目そうな顔と声を双子は維持していた。しかし、その中に熱っぽいものが混じっていたのが、彼女たちとは初対面の幽鬼《ユウキ》にも読み取れた。

「心中、お察しいたします」と毛糸《ケイト》は言って、

「ぜひともお願いいたします。ともに、犯人を追いましょう」

毛糸《ケイト》と双子はうなずき合ったのち、揃《そろ》って幽鬼《ユウキ》を見た。どういう意味の視線なのかは、聞くまでもなかった。

幽鬼《ユウキ》は少しだけ考えて、答えた。

「私はやめとくよ」

（12／22）

幽鬼《ユウキ》は、帰った。

錐原《キリハラ》邸には電車で行った。なので、帰りも当然、電車を使った。

がたんごとんと、幽鬼《ユウキ》は電車に揺られる。片手で吊《つ》り革《かわ》を持ち、もう片手でスマートフォンをいじるというのが、昨今の人々が電車に乗るときの基本姿勢だ。幽鬼《ユウキ》もできればそうしたいところだったが、しかし、実際には右手で吊り革を持っているだけだった。左手は、手首まで服のポケットにしまっていた。

左手の中指から小指——つまりは義体と化している部分を、幽鬼《ユウキ》はなるべく人目に晒《さら》さないようにしていた。一見してそれとはわからない造りであるし、別にやましいことでもないのだが、隠しておいたほうが変なトラブルを避けられると考えていた。片手が使えない以上、幽鬼《ユウキ》は手持ち無沙汰にならざるを得ず、できることといえば、頭の中でいろいろ考えることぐらいだった。

例えば、錐原《キリハラ》邸で毛糸《ケイト》から受けた誘いについて。

断ったのは、自分のスタイルではないと思ったからだ。殺人鬼の恐ろしさは誰よりもよくわかっている幽鬼《ユウキ》だったが、しかし、ゲームの外で襲撃をかけるのは違うと思った。九十九回を生き残るには、そういった権謀術数も必要なのかもしれないが、現時点の幽鬼《ユウキ》には手を出す気になれなかった。波乱のゲームの真相、および、刺青《いれずみ》という主犯の身体的特徴もわかったことだし、とりあえずこれで調査は一段落だ。今後しばらく、ほかのプレイヤーの両腕には注目を払おう。

例えば、あの邸宅の使用人について。

灰音《ハイネ》と心音《ココネ》という名前の、使用人。事件のせいで、結局、どういう立場の人だったのか聞けずじまいだった。あの歳《とし》で使用人――それも元プレイヤーの彫り師に仕えていたとなると、それなりの事情がありそうだ。なんにせよ、口封じなんて理由で主人を殺されて、たまったものではないだろう。周辺業界の人物を巻き込んで悪いな、と幽鬼《ユウキ》は思う。

例えば、刺青のプレイヤーについて。

どんなやつなのだろう、と思う。自分につながる手がかりを消すためなら殺人も厭《いと》わない、残忍な人間だということは確かだ。やはり、伽羅《キャラ》のような殺人鬼なのだろうか？　今後のゲームでもし出くわしてしまったら、その魔手から逃れることはできるだろうか？　前回のとき——伽羅《キャラ》のときは、師匠の力を借りてなんとか勝てた。だが、師匠はもうこの世界にはいない。次回があったとすれば、独力で生き延びなければならない。それだけの技量が、果たして今の自分に備わっているだろうか——？

そんなことを考えているうちに電車が停《と》まった。電車を降りて、改札口に。ICカードを取り出すべく幽鬼《ユウキ》は財布を開くのだが、

「あっ」

その折、小銭をばら撒《ま》いてしまった。

小銭入れのチャックが開いているのを見落としたのだ。いかんいかん、浮き足立ってるな、と思いつつ小銭を拾って、駅を出た。歩き慣れた道のりを経て、アパートに戻った。

すると、その前に車が停まっていた。

幽鬼《ユウキ》のエージェントの車だった。昼下がりの日光を受けて、黒光りしていた。

どうしてこんな昼日中に、と幽鬼《ユウキ》は思った。次のゲームの招待には、時刻も時期も噛《か》み合《あ》わない。もしかして、波乱のゲームについて続報があったのだろうか。だとしても電話をかけるだけで十分であり、わざわざ訪問することはないはずだが。

幽鬼《ユウキ》が考えをまとめられないでいるうちに、運転席の窓が降りた。エージェントが乗っていた。「こんにちは」と言った。

「……こんにちは」

幽鬼《ユウキ》の顔を見ると、エージェントは目を細めた。「すいません、幽鬼《ユウキ》さん」と、まったく心当たりのない謝罪をしてきた。

「おそばについている身でありながら……。職人さんから連絡をいただくまで、皆目気づきませんでした」

「……？」

なんのことだろう、と幽鬼《ユウキ》は思う。おっちゃんから連絡？　この二人、連絡先を交換していたのか？

それにも驚いたが、続いて告げられたことに、幽鬼《ユウキ》はもっと驚いた。

「幽鬼《ユウキ》さん。その右目のことで、お話があります」

エージェントは、自分の右目の下に触れた。

「検査の用意をしております。一緒に来ていただけますか？」

（13／22）

とある商店街だった。

とある親父《おやじ》が、舌打ちをした。

「あ？」

紫苑《シオン》は、その親父を睨《にら》みつけた。

かなりきつめに睨んだし、かなり大きな声も出したので、気づかなかったわけはないと思う。が、その親父がそれ以上突っかかってくることはなかった。不機嫌そうな顔をして、紫苑《シオン》の横を抜けていった。

商店街の中だった。店先から突き出た看板やら商品やらが、ただでさえ広くない道をさらに狭くしている。人通りはそこそこ多く、正面から歩いてくる者があれば、お互いに気を遣ってうまくかわさないといけない。しかし、いかなる状況でも絶対に道を譲ろうとせず、そのくせぶつかりそうになると相手に聞こえる音量の舌打ちをかます連中が、この世にはいるものだ。通り魔的に人をいらつかせる連中。紫苑《シオン》は今しがた、それに刺された。

ふうう、と、怒りのこもった息を紫苑《シオン》は吐いた。

じじい、ぶち殺してやろうか？　なんだその態度は？　その舌打ちは喧嘩《けんか》を売ったって表現でいいんだよな？　買ってやったぜ、なのになんで殴りかかってこない？　こんな小娘を相手になにをためらってやがる？　やる気もないのに凄《すご》んでんじゃねえよ、半端者。ここが街中でさえなければ今すぐ殺してやっていた。

いや、いっそここでも――。

頭をかいて、紫苑《シオン》は衝動を抑えた。

しばらくは大人しくしたほうがいいですよ――。エージェントからそう言われていた。〈ガベージプリズン〉の噂《うわさ》、および紫苑《シオン》の噂は、すでに広まっている。自分の所在を突き止めようとしているプレイヤーは大勢いるはずだ。こんな街中で事件を起こしたら、自分から居場所を知らせているようなものである。これまでの人生で、人と比べてあまり多くはやったことのない我慢という行為を、紫苑《シオン》は強いられた。

なんとか、気を収めることができた。

紫苑《シオン》は、店の前で立ち止まった。

コロッケ屋だった。歳《とし》食ったおばあちゃんが一人で切り盛りしている、一個五十八円の価格を長年守り続けているコロッケ屋だった。長く続いているだけあって味はかなりのものであり、幼いころから紫苑《シオン》は通い詰めていた。初めて来たときとまったく変わらぬ見た目をしたおばあちゃんに注文を言い、コロッケが揚がるのを待つかたわら、紫苑《シオン》は隣の定食屋の、ショーケースのガラスに映る自分自身を見た。

ぱっとしない顔だ、と我ながら思う。十四歳という年齢を考慮しても、どこか芋臭い。凶悪事件を起こして、〈まさかあんな大人しそうな娘が〉と言われそうなタイプの顔だ。あまり見ていて気持ちのいいものでもないので、紫苑《シオン》はすぐに目を逸《そ》らそうとしたのだが、見過ごすわけにはいかないものが一瞬前にガラスに映った。

少女が、紫苑《シオン》の後ろを通り過ぎるところだった。

通行人の多い商店街だ、通り過ぎられるのは珍しくない。老若男女の行き交う界隈《かいわい》だ、それが少女であることも珍しくない。問題は、その少女の顔に、確かな見覚えがあるというところにあった。あの顔——あの服装も——間違いない。ついさっき、商店街の中ですれ違った少女だった。

さっきすれ違ったはずの人間が、再び紫苑《シオン》の後ろを横切った。——もちろん、それだけでは、根拠としては不十分である。商店街内のとある店に行って、用事を済ませて帰ってきただけ。それで十分説明がつく。ただの一般人である可能性のほうが高いとは思う。

しかし、疑いを覚えずにはいられない紫苑《シオン》だった。

もしも、一般人でないのだとしたら？

紫苑《シオン》を追って、引き返してきたのだとしたら？

（14／22）

前回のゲームで、紫苑《シオン》はへまをした。

〈ガベージプリズン〉。監獄を舞台とした脱出型のゲーム――だったはずなのだが――ゲームの最中、紫苑《シオン》の悪癖をほかのプレイヤーに目撃されてしまった。目撃者を殺害し隠蔽を図ったが、それをまた別のプレイヤーに見られてしまった。隠そうとすればするほど傷口は広がっていき、ついには自分以外の全員を殺害せざるを得なくなった。全力を尽くしたが、力及ばず何人か取り逃し、〈ガベージプリズン〉の噂《うわさ》は業界中に広まった。どうやら巷《ちまた》では、〈キャンドルウッズ〉の再来だとすら言われているらしい。まんざら外しちゃいないな、と紫苑《シオン》は思う。弟子というほどではなかったが、紫苑《シオン》はあの人の関係者だったからだ。

殺人鬼の再来に、ほかのプレイヤーが敏感に反応することは想像に難くなかった。被害が拡大する前に、紫苑《シオン》を暗殺してやろうと考える連中もいるだろう。だから、先回りして紫苑《シオン》は手を打った。錐原《キリハラ》をはじめとする、自分の素性を詳しく知っている人間をすべて消し、身を潜めた。

そのつもり、だったのだが。

（15／22）


紙袋に包まれたコロッケをかじりながら、紫苑《シオン》は歩く。

商店街を抜けると、人口密度が下がった。多少は判別がつきやすくなったところで、紫《シ》苑《オン》は周囲の気配を探った。複数の人物が自分を取り囲んでいるということが、すぐにわかった。

気のせいではない。やはり追われている。数は、少なくとも三人以上。敵意の有無はわからないが、あるものと考えたほうがいいだろう。こそこそ隠れ潜んでいるのは、きっと、現時刻がまだ夕方だからだ。目撃者がいくらでもいるこんな街中で、荒事を起こすわけにはいかない。しかし、もう少しすれば日が沈む。往来から人通りは消え失《う》せる。そうなれば——ならず者たちの時間だ。

無用になった紙袋を、くしゃくしゃに丸めて紫苑《シオン》はポケットに突っ込んだ。

そして、考える。どうしてばれた？　ヒントは確かにすべて消したはずなのに。〈ガベージプリズン〉から二週間近く、エージェントから言われた通り大人しくしていたはずなのに。刺青《いれずみ》さえあらわにしなければ、この目立たない顔だ、殺人鬼だとわかる要素はどこにもないはずなのに――。

いや、それより今は、この状況から逃れなくては。

紫苑《シオン》は、エージェントに電話をかけた。〈ただいま電話に出ることができません〉のガイダンスが流れないぎりぎりのコール数で、電話がつながった。

「はあい」

間延びした声。紫苑《シオン》のエージェントの代名詞だった。

「僕だ」自然と紫苑《シオン》は早口になった。

「あー、紫苑《シオン》さん。なんです、今更？」

「追われてる。少なくとも三人以上、僕を尾行している」

「へえ。大変ですねえ」

「車を出してくれ。連中を撒《ま》きたい」

「いやですけど」

「……は？」

「言ったじゃないですか、紫苑《シオン》さん。もう、プレイヤーはやめるって」

確かに言った。己の正体がばれてしまった以上、もはやこの世界では生きていけないからだ。〈ガベージプリズン〉の直後、紫苑《シオン》はエージェントに引退を宣言していた。

「ってことは、私もう無関係じゃないですか。そっちで勝手に処理してくださいよ」

「ゲーム関連のトラブルなんだ。面倒見てくれたっていいだろう」

「やだ」

「ふざけるなよ」

「ふざけんなはこっちの台詞《せりふ》なんですけど。これまで誠心誠意尽くしてあげたのに、自分から台無しにするんですもの。やってられませんよ」

確かに、このエージェントには、生活上のサポートを色々としてもらっていた。まだ十四歳の紫苑《シオン》が、施設にも入らず学校にも通わず暮らしていけたのは、それが理由だった。

「知ってます？　担当のプレイヤーが三十回を突破したら、エージェントって特別手当がもらえるんですよ。その暁には、それで焼肉奢《おご》ってあげようとか考えてたんですけどねえ。ご破算になっちゃいました。残念だなあ」

「……死ね！」

まずいとはわかっていたが、紫苑《シオン》は声を荒らげてしまった。

「プレイヤー続ける気になったら、連絡してくださいねー」

エージェントはそう言って、通話を切った。つーつーつーとしか言わなくなった携帯を、地面に叩《たた》きつけたい気持ちをぐっと抑え、紫苑《シオン》はポケットにしまった。

（16／22）

「──気づかれたみたいです」

携帯に入ってきた連絡を見て、毛糸《ケイト》は言った。

車の中だった。エージェント御用達《ごようたし》の黒塗りな一品──ではなく、毛糸《ケイト》の私物だった。ゲームの賞金で購入したものである。そこそこのクリア回数を記録し、プレイヤーとしてベテランと呼ばれる部類に入ってきた毛糸《ケイト》なので、このぐらいは買える。

毛糸《ケイト》の右手はハンドルに、左手は携帯にかかっていた。メッセージアプリを開いているその画面には、尾行に気づかれたという旨の報告が仲間からあがっていた。焦った様子で、どこかに電話をかけたらしい。エージェントに救援要請をしたのだろう。しかし交渉は決裂したようで、声を荒らげて紫苑《シオン》は電話を切り、しきりに車道へと目を向けるようになったそうだ。タクシーを拾おうとしているのではないか、というのがその仲間の推測だった。

「自宅まで追えれば、最高だったのですがね……」

と毛糸《ケイト》はぼやいた。

十数日前、錐原《キリハラ》邸で決起した通り、毛糸《ケイト》は刺青《いれずみ》のプレイヤー──紫苑《シオン》の行方を追っていた。二十人ほどのプレイヤー仲間を揃《そろ》え、同じだけの武器も揃え、調査を続けていた。

紫苑《シオン》を発見できたのは、はっきり言って幸運だった。とあるルートから〈ガベージプリズン〉の映像を入手し、プレイヤーネームと顔がまず判明した。似たような名前をした少女が、過去、ゲーム外で殺傷事件を起こしていることも調べがついた。事件のあった地域に足を運んだところ、ミラクルが起きた。仲間の一人が、紫苑《シオン》の姿を偶然にも発見したのだ。この土地によほどの愛着でもあったのか、居住地を変えていなかったらしい。とりあえずその仲間には紫苑《シオン》を尾行してもらい、毛糸《ケイト》は車を飛ばし、急いで現場に向かっているところだった。

尾行を成功させるのがベストではあった。紫苑《シオン》が帰宅するまで後を追い、自宅の場所を控えて、夜襲をかける。やつが錐原《キリハラ》を殺したやり方と同じ、最も事を荒立てないで済むプランだ。しかしばれたとなると、紫苑《シオン》はもう家には帰るまい。タクシーを探している様子だったと報告があったことだし、高飛びすることを考えているはずだ。

「やるしかありませんね」

助手席から声がした。

落ち着いた色のワンピースを着た錐原《キリハラ》邸の使用人、灰音《ハイネ》が座っていた。

「わたくしも同感です」

今度は後部座席から声がした。そこにはもう一人の使用人、心音《ココネ》の姿が。ここ十数日、毛糸《ケイト》はこの双子と行動をともにしていた。

「人目に付くリスクを負ってでも、決行すべきでしょう」灰音《ハイネ》が言う。

「ですね」毛糸《ケイト》は答えた。

もしここで紫苑《シオン》に撒《ま》かれてしまったら、おそらく、次の機会はもうないだろう。往来の真ん中で——というわけにはさすがにいかないが、少しでもチャンスがあれば敢行すべきだ。

そのような指示を、メッセージアプリを通じて毛糸《ケイト》は仲間たちに出した。携帯を置き、両手でハンドルを握り、自分でもその指示を守るべく現場に急いだ。

紫苑《シオン》。刺青《いれずみ》のプレイヤー。先のゲームで八十人近くを殺害してのけた少女。だが、それはあくまでゲーム内での話だ。ゲームの外じゃそうはいかない。全員が同一の条件でプレイを始めるゲームとは違い、現実の世界では、相手より多くの準備をした上で戦うことができるのだから。

かしゃん、と音がした。

助手席の灰音《ハイネ》が、拳銃のマガジンを抜いた音だった。

（17／22）


生まれて初めて、タクシーを拾うという行為を紫苑《シオン》はした。

叶《かな》うなら、手をあげて停《と》めるやつをやりたかったのだが、十四歳の紫苑《シオン》が手をあげたところで停まってくれるはずもないので、すでに駐車してあるものに声をかけた。相手が小娘とわかると運ちゃんは嫌な顔をしたが、支払い能力があることを示すと態度をひるがえし、乗せてくれた。今すぐここから離れてくれ——というのが本音だったが、それを言うと怪しまれることは容易に想像できたので、隣町にある学習塾の名前を紫苑《シオン》は言った。塾の時間に遅れたくない良家の娘というシナリオだ。騙《だま》されてくれたかはわからなかったが、運ちゃんはなにも言わず車を出してくれた。

後部座席でずるずると崩れながら、これからどうする、と紫苑《シオン》は考えた。自宅にはもう戻れない。どこかに雲隠れするしかないのだろうが、十四歳の身空でそんなことができるだろうか？　金はあるが、社会的信用は皆無である。ホテルひとつ借りることすら現状ではできない。事情を聞かず匿《かくま》ってくれるパパでも探すしかないのだろうか——？

紫苑《シオン》は未来を憂えたが、しかしそれは必要のない心配だった。

逃避行は長く続かなかったからだ。

信号待ちの際に、こんこん、とタクシーの窓が叩《たた》かれた。

見ると、複数の人物がタクシーを取り囲んでいた。全員、ヘルメットやらお面やらマスクやらなにやらで顔を隠していたが、その背格好、および隠しきれていない目元から、自分と同年代の娘たちであることが紫苑《シオン》にはわかった。

怪訝《けげん》そうな顔をしながらも、運ちゃんは運転席の窓を開ける。

「開けるな！」

紫苑《シオン》は叫んだが、もう遅かった。

謎の人物たちの一人が、手に握られた〈それ〉もろとも、片腕を車内に侵入させた。

サイレンサー付きの拳銃だった。

「……!!」

紫苑《シオン》は、車のドアを蹴り開けた。

衝撃で、連中の一人を吹っ飛ばすことに成功した。その手から、やはりサイレンサー付きの拳銃がこぼれ落ちるのを紫苑《シオン》は見た。拾うか――という考えが頭をよぎったが、また別の銃が自分に照準を合わせているのが目の端に映ったので、逃亡に専念した。紫苑《シオン》は車道を横切って、歩道に出て、路地裏に入った。脇目も振らずひた走った。

こんな街中でやるなんて――。紫苑《シオン》は思った。車の中なら周りから見られにくいだろうという判断か？　それとも、多少の事件なら運営が揉《も》み消してくれるとでも考えているのか？　いや――というか――どうやって追いついた？　連中も車で追ってきてたのか？　ちゃんと後ろを見ておけばよかったと紫苑《シオン》は己のミスを悔いる。

要らぬことを考えていたせいで、さらなるミスをしたことにしばらく気づけなかった。人通りの少ない路地裏に逃げ込んでしまったことだ。人混みの中に逃げるべきだった。自らの姿を衆目に晒《さら》して、事件を目撃してもらえる状況を作るべきだった。これでは逆だ。殺してくださいと言っているようなものだ。一般人に目撃されることなく相手を始末できる状況。やつらにしてみれば喉から手が出るほど欲しかったろう場面を、紫苑《シオン》はわざわざ自分の手で作ってしまった。

かしゃん、という音が背後で聞こえた。

銃声だ、とすぐにわかった。サイレンサーを通した銃弾がそのような音を鳴らすことは知っていたし、焼けつくような痛みが紫苑《シオン》の肩に走りもしたからだ。銃弾から衝撃を受け、肩が前に流れ、勢いをなくしたベーゴマのように紫苑《シオン》は回りながら地面に倒れた。

かしゃん、かしゃん、とさらに聞こえた。

回転しながら着地したことは紫苑《シオン》にとって幸運だった。続けて放たれた二発の弾丸を、かわす結果につながったからだ。紫苑《シオン》の顔のすぐ横に――銃弾の作り出す熱風すら感じられるぐらいすぐ横に——二発とも着弾した。紫苑《シオン》が顔を上げると、さっきの顔を隠した連中が二人立っていた。どちらも銃を構えている。そのさらに後ろから、二人、三人と増援が駆けつけてくるのも見えた。紫苑《シオン》の戦意を打ち砕くには十分な情報だった。

「プレイヤーはやめる！」

紫苑《シオン》は叫んだ。

「もうゲームには参加しない！　だから——」

「構いません、撃ってください」

増援の最後尾にいたやつが言った。ヘルメットを装着しており顔は見えなかったが、詐欺師のような喋《しゃべ》り方《かた》、および女の声色であることが読み取れた。

「そんな言葉、信用できません。ここまでやったんですから、きっちり殺しておくべきだ」

銃口が紫苑《シオン》に向け直されるより前に、足を動かした。

かしゃかしゃかしゃと連発される銃弾を潜《くぐ》り抜《ぬ》けて、曲がり角を折れることに成功した。だが、そこで足をもつれさせ、転んでしまった。よりにもよって撃たれたほうの肩から地面に接触し、叫び声をあげた。再び立ち上がるための気力を根こそぎ持っていかれた。連中の足音が地面を通じて、耳に届いた。逃げ切れたとはとてもいえない、逃げたともあまりいえない、ただ物陰に隠れたとでもいうべきありさまだった。ほんの数秒時間を稼いだにすぎなかった。

が——それが死活を分けることもある。

腰ポケットの中で、携帯がふるえた。

電話だ。誰からだろう、などとは考えなかった。尾骶骨《びていこつ》ごと引き摺《ひず》り出しかねないぐらいの勢いで紫苑《シオン》はそれを引き抜き、耳に当てた。

「はろー」

場違いなこときわまりない声。エージェントだった。

「なんの用だ」紫苑《シオン》は短く言う。

「つれないなあ。さっきはあんなに求めてくれてたのに」

「なんの用だ?」

声を荒らげる力も、表現を変える余裕もなかった。ただ繰り返した。

「そろそろ気が変わったころかなー、と思いまして。連絡してみました。どうです? プレイヤーを続ける気になりました?」

声が二重になっていることに紫苑《シオン》は気づいた。ひとつは電話口から。もうひとつは——。

「最後のチャンスです」

曲がり角のさらに向こうから、その声は聞こえていた。

「〈ハロウィンナイト〉へご招待に参りました。準備はお済みですか？」

（18／22）

銃声が、路地裏に響いた。

顔を隠したプレイヤーたちは――毛糸《ケイト》や双子も含めて――一様に固まった。それが、サイレンサーを通していないものだったからだ。自分たちの持っている銃の発砲音ではないということを、それは意味していた。

時間が停止すること、数秒。

曲がり角の奥から、人が出てきた。

紫苑《シオン》――ではなかった。黒いスーツに身を包んだ人物だった。運営のエージェントだ。その手には、さっきの銃声をとどろかせたのだろう拳銃が握られている。徒競走の審判がするように、銃口が空へと向けられていた。

「ごぶさたでーす」

緊張感のない声で、エージェントは言った。

新たな人物の登場に、プレイヤーたちは引き続き硬直した。その状態からいち早く脱したのは、軍団の統率者たる毛糸《ケイト》だった。

「……ご無沙汰もなにも、初対面なんですがね……」

毛糸《ケイト》は、両手に握っている拳銃を見た。これを目の前にいる人物に向けてもいいものか、判断がつかなかった。

「あなたは……紫苑《シオン》さんのエージェント、と考えてよろしいですか？」

「はい。よろしいですよ」

「それが、なんの用です？」

「もちろん、止めにきたんですけど」

「止めにきたとは？　なにを？」

ヘルメットをつけているため、相手からは見えにくい片眉を毛糸《ケイト》は上げた。

「私たちはただ、ちょっと喧嘩をしているだけですよ。運営の方々にお世話になることなどありませんが」

事前に用意しておいた理屈だった。プレイヤー同士、なおかつゲームの内容が発端であるとはいえ、個人的な喧嘩《けんか》に運営が首を突っ込むのはおかしいという論法だ。

しかし、「いえいえそうもいきません」とエージェントは動じない。

「だって、私の担当、ゲームに参加しましたもの」

「……なんですって？」

「今さっき、口頭でご表明いただきました。我々運営には、その御身を無事会場にまで送り届ける義務がございます。その身を脅かそうとする者があれば、これを排除することは、議論するまでもなく私の職務範囲内です」

ばか丁寧な口調で言ったあと、エージェントは、銃口を毛糸《ケイト》たちのほうに向けた。

「ってわけなので。……お望みなら、やりましょうか？」

靴で砂を擦《こす》る音がした。誰かが後退する音だった。

やられた、と毛糸《ケイト》は思った。

ゲームに参加してしまえば——プレイヤーになってしまえば、ゲームの外でも運営の庇《ひ》護《ご》を受けることができる。彼女に弓を引くのは、運営そのものに弓を引くことに等しい。

そんなことできるわけがなかった。

毛糸《ケイト》たちの戦意喪失を見てとったらしく、エージェントはにひひと笑う。

「ではでは、お達者でー」

拳銃を持っていないほうの手を振って、エージェントは去った。

姿が消えると、時間が凍結したような静寂がまた戻ってきた。

しばらくするとそれも解け、プレイヤーたちはざわざわとし始めた。予期しない人物の登場。紫苑《シオン》の征伐という目的の未達成。このふたつの事実を受け入れあぐねているというか、消化不良というか、なんだよいいところだったのに、とでも言うような、白けた空気が辺り一帯に漂っていた。

プレイヤーはもうやめるから見逃してくれ、と紫苑《シオン》は言っていた。百パーセントの信用はできなかったし、だからこそ殺しておけと毛糸《ケイト》は指示したのだが、あの宣言はたぶん本当だろうとも思っていた。自分の命を狙う勢力の存在を、彼女は承知したはずだ。第二第三の〈ガベージプリズン〉、および〈キャンドルウッズ〉のような大波乱が起こることは、これでなくなるだろう。紫苑《シオン》を取り逃しはしたものの、目的はほとんど達成されたようなものだった。だから毛糸《ケイト》は――ほかの仲間たちもおそらく――悔しいという気持ちは持っていなかった。

「……っ」「………」

だが、その中に、異なる気配を放つ者たちがいた。

灰音《ハイネ》と心音《ココネ》だった。紫苑《シオン》自身に用事があった二人は、それを取り逃がしたことを、強く悔しがっている様子だった。

その気持ちは理解できる毛糸《ケイト》だったが、とはいえ、ゆっくり悔しがらせてやるわけにもいかなかった。街中で銃を乱射した今、毛糸《ケイト》たちは犯罪者である。一刻も早くここを離れないといけない。

帰りましょう、と毛糸《ケイト》は言おうとした。

だが、そこで、灰音《ハイネ》のほうが動きを見せた。

いかにもなにかを思いついたかのように目を見開き、携帯を引っ張り出し、どこかに電話をかけた。「……はい」「はい」「今すぐ参加できるものはありますか？」「……はい、お願いします」とやりとりして、電話を切った。

「どこに電話を？」

毛糸《ケイト》が放つべき言葉はそれに変更された。

「わたくしのエージェントに」灰音《ハイネ》は答える。

「……灰音《ハイネ》さん、プレイヤーだったんですか？」

十数日間行動をともにしていたが、初耳だった。ただの使用人ではなかったのか。

「はい。わたくしだけでなく、心音《ココネ》も。なかば引退気味だったのですが」

「参加、と聞こえましたけれど……」

「現在、わたくしに招待が来ているゲームがないか、聞きました。……ひとつだけあったそうですので、参加を希望しました」

その意味がわからないほど、毛糸《ケイト》は鈍くなかった。

「まさか……紫苑《シオン》と、同じゲーム……に参加する気ですか？」

灰音《ハイネ》はうなずいた。

さっきのエージェントの話によれば、紫苑《シオン》はゲームに参加表明したことで身柄を保護された。それはつまり、プレイヤーを募っているゲームが今現在あるということだ。同時期に灰音《ハイネ》が招待されたゲーム。それが紫苑《シオン》の参加したものと同一である可能性は高い。

彼女はまだ、紫苑《シオン》を追うつもりなのだ――。

灰音《ハイネ》の発言を受けてのことだろう、心音《ココネ》も携帯を取り出し、電話をかけた。「はい。お久しぶりです。はい。……そうですか。失礼します」とやり取りして、携帯を耳から離した。

「どうだった？」

灰音《ハイネ》が聞くのだが、心音《ココネ》は首を横に振った。彼女のほうに、招待は来ていなかったらしい。

「任せて」灰音《ハイネ》は心音《ココネ》の肩を叩《たた》いた。「必ず、やつを捕まえてやるから」

「………」

心音《ココネ》はなにか言いたそうに視線を動かした。

だが、最終的に口にしたのは、「うん」の一言だけだった。

（19／22）


「まったく、世話が焼けるんですから……」

紫苑《シオン》のエージェントが言った。

倒れたまま動けないでいた紫苑《シオン》の、手を引きながらの言葉だった。紫苑《シオン》を背中にかつぎ、エージェントはよろよろと路地裏を出た。すぐ近くに停《と》めてあったらしい黒塗りの車に、紫苑《シオン》を放り込んだ。エンジンの音と、体にはたらいた慣性から、車が発進したことが紫苑《シオン》にはわかった。

「来てくれると思ってたよ」

後部座席に寝転がったまま、心にもないことを紫苑《シオン》は言った。

「嘘《うそ》つくな」とエージェントは答える。

「……なんで来てくれたんだ？」本心を述べた。

「だって、もったいないですし。言ったでしょう？　担当が三十回を突破したら、お金がもらえるんですよ。しかもけっこうな額。プレイヤー様と違ってこちらは薄給なんですからね、もらえるもんはもらっておかないと」

本心かどうかはわからなかったが、助かった。ちょうど二十九回クリアでよかったと紫《シ》苑《オン》は思う。

「生き残ったら、一緒に焼肉行こうな」

紫苑《シオン》は言った。さっきの電話でのやりとりを踏まえた発言だった。

「財布が潤ってるのはこっちのほうだし、僕が奢《おご》るよ」

「ああ、あのことですか？」

が、エージェントは冷ややかな声を放つ。

「あんなの、冗談に決まってるじゃないですか。てめえみたいなのと一緒にご飯食べたいわけないでしょう？　おぞましい」

紫苑《シオン》は唇を曲げた。そうだよな、と思った。

（20／22）

幽鬼《ユウキ》は、帰宅した。

（21／22）

学校からの帰りだった。

その足取りは軽い。〈クラウディビーチ〉のせいでビハインドを食らってしまった授業進度に、追いつくことができたからだ。復習の甲斐《かい》あったな、と思う。心配事が最近ひとつ増えてしまったので、ひとつ減らせたことがいっそう嬉《うれ》しかった。嬉しさを覚えつつ、幽鬼《ユウキ》はボロアパートに帰った。

すると、アパートの前に車が停《と》まっていた。

黒塗りの車。エージェントだ。前回のゲームから二週間近くが経《た》っているので、そろそろ来るころだと予感していた。

運転席の窓を開けて、「こんばんは」とエージェントは言う。

「〈ハロウィンナイト〉へ招待に参りました。……よろしいですか？」

招待の文句が、いつもとは少し違った。例のことを気遣ってくれているのだろう、と幽《ユウ》鬼《キ》は思った。

先日、幽鬼《ユウキ》は検査を受けた。〈キャンドルウッズ〉で殺人鬼に刺され、虹彩《こうさい》を傷つけた右目。視力は元通り回復しているはずだったが――〈検査を要する〉というエージェントの言葉に幽鬼《ユウキ》は従い、病院に行った。

そして──あまり喜ばしいとはいえない結果を、告げられていた。

「参加しますよ」

しかし、幽鬼《ユウキ》はゲーム出場を表明する。

「これからも、いつも通りのペースでお願いします」

「……わかりました」

エージェントは車のドアを開けた。幽鬼《ユウキ》は黙って乗った。

水の入った紙コップと、カプセル型の睡眠薬を渡された。お決まりの儀式だった。ゲームの開催場所を隠すため、プレイヤーは睡眠薬を飲み、眠らされた状態で運ばれる。

儀式を実行しながら、これでいいのだ、と幽鬼《ユウキ》は自分に言い聞かせた。ゲームに参加するペースは月に二、三回。それが肉体に負担をかけすぎず、勘を鈍らせすぎもしない、ちょうどいい具合だ。右目のことがあってもその事実に変わりはない。

とろんとし始めた意識の中、ここ二週間で何度目かもわからぬ悔しさを幽鬼《ユウキ》は覚えた。この右目は、ひとえに幽鬼《ユウキ》の不注意によって傷つけたものだ。あの模造の森で、あの殺人鬼に不用意な接近をしていなければ、この未来はなかった。こんな悔しさを感じることもなかった。だが、今更悔やんでも詮無《せんな》きことだった。やってしまったのはしょうがない。もっと悪いのは、それのせいで感情を乱してさらなる失態をやらかすことだ。ベストを尽くすのは今からでも遅くはない。注目すべきは今だけだ。やれることを粛々とやるだけだ。
幽鬼《ユウキ》はそう自分に言い聞かせた。

でも、もう少し保《も》ってほしかったな、と思わずにはいられなかった。

（22／22）

3.ハロウィンナイト（45 回目）

（0／47）

カボチャ畑で紫苑《シオン》は目を覚ました。

（1／47）


土の上だった。

右のほおを地面にくっつける形で寝かされていたため、ひんやりとした温感と、少し湿った質感と、土臭さを同時に感じた。顔の土を払いながら、紫苑《シオン》は身を起こした。

カボチャ畑だった。

山ほどのカボチャが、紫苑《シオン》を取り囲んでいた。

ここで言う山とは、決して比喩ではない。低いところでも紫苑《シオン》の身長と同じぐらい、高いところでは二倍か三倍にまで、うずたかくカボチャが積まれている。

カボチャという植物がどのように育つものなのか、紫苑《シオン》は知らない。だが、まさかこんなふうに山を成して育つわけはないと思う。ゲームの舞台として、用意されたものだろう。

その証拠に、中身のくり抜かれたカボチャがところどころに存在し、照明器具が入れられていた。空を見るに時刻は真夜中のようだったが、カボチャの照明で視界は十分確保されていた。

どうしてカボチャなのか、考えるまでもなかった。

このゲームの名前を紫苑《シオン》は思い出す。——〈ハロウィンナイト〉。

紫苑《シオン》は自分の服をつまんだ。黒いローブを着せられていた。近くには、同じく黒い三角帽子《ぼうし》が落ちている。今回のゲームの衣装だ。ハロウィンのゲームだから、魔女の格好。そういうことなのだろう。帽子を拾うと、その下には持ち手のついたバスケットが隠してあった。中には、飴玉《あめだま》やらクッキーやら、チョコレートやらミニドーナツやら、袋詰めにされたお菓子が入っていた。これもまた、ハロウィンにはつきものだった。

ゲームに登場する食料品に、毒は入っていない。それが業界の常識だった。ゲーム中の飢えをしのぐという役割しか、それらには与えられていない。脱出型——プレイヤーを罠《わな》にかける種類のゲームでも、食料品類は聖域とされている。これが三十回目のゲームであり、その常識はよく知っている紫苑《シオン》だった。なので、人の形をしたジンジャークッキーを袋から取り出し、口に入れることにためらいは覚えなかった。

すると——。

「……!?」

紫苑《シオン》は、激しく咳《せ》き込《こ》んだ。

たまらず、地面に吐き出してしまった。噛《か》み砕《くだ》かれ、唾液で多少ふやけたクッキーの人形が、〈してやったり〉と言わんばかりの笑顔で紫苑《シオン》を見つめてきた。土を被《かぶ》せて、それの視界を塞いだ。

無茶苦茶《むちゃくちゃ》、辛かった。生姜《ジンジャー》だけではない、いろいろな香辛料がブレンドされた辛味だった。とても食べられないぐらい癖の強いお菓子というのがこの世にはあるものだが、そういうのとも違う。端《はな》から、おいしく味わうものとして作られていない味だった。

なんだこれは。食べるためのものじゃないのか――？

（2／47）

カボチャ畑を紫苑《シオン》は歩いた。

歩いても、やはりカボチャまみれだった。前後左右、紫苑《シオン》の視界を埋め尽くしている。まるでカボチャの墓場のような――カボチャ専用のごみ廃棄場のような――砂漠の砂の一粒一粒がすべてカボチャに変身したかのような、そんな光景だった。大きさは多種多様。スーパーで見かけるような日常的なサイズのものもあれば、紫苑《シオン》の体をすっぽり覆ってしまえるぐらい大きなものもあった。

周囲を観察しつつ、歩き続ける。紫苑《シオン》の身長よりも高く積まれたカボチャの壁が連なり、道を形成していた。道幅は不定。紫苑《シオン》が十人横に並んでも通れそうなぐらい広いこともあれば、肩を小さくしないと進めないほど狭くなることもある。分かれ道、交差点、行き止まりなどの地形にもたびたび行き当たる。迷路――というほどきっちりしたものではないが、それなりに入り組んだフィールドだった。カボチャの壁のせいで視界は不良であり、どの程度の広さがあるのか、ほかにどのぐらいのプレイヤーがいるのか、両方ともうかがえない。

壁を登れば見晴らしはよくなるのだろうが、あまり気が進まなかった。崩れないという保証がないからだ。世の中の多くの人が知っている通り、カボチャは球形である。それがろくな固定もされず山々と積まれているのだから、いつ何時崩れてくるかわかったものではなかった。壁を登るどころか、ただ近くを歩いているだけでも、紫苑《シオン》の肝は冷えた。

紫苑《シオン》は、己の肩に触れた。

銃撃された部位である。触れると、痛みが走った。腕や脚がもげても元通りに直してみせる運営の医療技術。それをもってしても、銃創をすぐに塞ぐことはできなかったようだ。痛みを我慢すれば動かせないこともなかったが、万全の状態でないことは認めざるを得なかった。

もっとも――あそこで殺されるよりは、絶対にマシだったが。

危なかった。エージェントが気まぐれに助けてくれなかったら、間違いなく死んでいた。自分を襲撃するプレイヤーがいるかもしれないとは思っていたが、あそこまでしてくるとは。サイレンサー付きの拳銃なんてどこから調達してきたのだろうか？　なんにせよ、あういう連中が出てきてしまっては、もう終わりだ。この業界に居座ることは不可能。ゲームが終わったら、すぐに身を隠さなくてはならない。

そのためには、なんといっても今日を生き延びることだ。よりにもよって、紫苑《シオン》は今回が三十回目なのだった。〈三十の壁〉。業界で長くささやかれているジンクス。三十回目あたりのゲームでは、通常では考えられないようなアクシデントがなぜか多発し、プレイヤーの生還率が大きく下降する。そんなオカルトな話あるものかと紫苑《シオン》は思っていたのだが、こうして正体がばれ、逃げ込むようにゲームの参加を余儀なくされた現状を見るに、その存在を認めないわけにはいかなかった。

ここが紫苑《シオン》の死線。それだけは、疑いようのない事実だ。

前方から、足音が聞こえてきた。

全部で、三つ。こちらに近づいてきている。カボチャの壁が邪魔をして、その姿は見えなかった。

敵か味方か。少し考えて、接触することに紫苑《シオン》は決めた。その場に立ち止まり、相手を待ち構えた。

やがて、足音と同じ数――三人の人物が現れた。


（3／47）


三人とも、身長が低い。小学生ぐらいの子供と思われた。ハロウィンらしい仮装に身を包んでいる。向かって右から、白い布を頭から被《かぶ》ったおばけ。穴の開いたカボチャで顔を隠したドラキュラ。顔面にお札を貼り付けたキョンシーだった。いずれも顔が隠れているので、人相はうかがえなかった。

三人とも武器を所持していた。

おばけは棍棒《こんぼう》。ドラキュラは剣。キョンシーはトンファーを握っていた。

紫苑《シオン》は緊張を強めた。すぐにその場から逃げなかったのは、ひとつには、飛び道具が含まれていなかったから。もう少しだけなら、相手の出方をうかがう余裕があると判断した。

もうひとつには、年齢に見合わぬ物騒なものを握る三人の子供たちから、一切の殺気を感じなかったからだ。切った張ったの殺し合いを望んでいるわけではなさそうだった——少なくとも、今のところは。

そのまま待機すること、しばし。

紫苑《シオン》のいる地点から、前方にわずか数メートル。

ぴたり、と子供たちは立ち止まった。真ん中のドラキュラが、頭をふるわせた。

「トリック、オア、トリート」

夜鳴きするフクロウを思わせる、甲高い声だった。

喉を絞って出すタイプの裏声だった。あまり声量が大きくなかったこともあり、ドラキュラの年齢はおろか、男なのか女なのかすらもわからなかった。

紫苑《シオン》が黙っていると、ドラキュラは同じ言葉を繰り返した。

「トリックオア、トリート」

子供たちの視線が、紫苑《シオン》自身には向いていないことに、そこで気づいた。

紫苑《シオン》の左腕に引っ掛けられているバスケットに、それは向いていた。より正確には、その中身に向いていると表現すべきだろう。ドラキュラの台詞《せりふ》と合わせれば、子供たちが求めていることは明らかだった。

「こいつが欲しいのか？」

バスケットのお菓子を指差して、紫苑《シオン》は言った。

こくこく、と子供たちは首を縦に振った。

「君らは何者だ？　プレイヤーなのか？」

今度は、三人とも首を横に振った。

プレイヤーではない。つまり、運営の用意したキャラクターである。紫苑《シオン》とは着ている衣装が違うし、武器も持っているし、本当と思って間違いなさそうだ。

「いくつだ？　一人ひとつでいいのか？」

子供たちは首を縦に振った。紫苑《シオン》は——直接渡しに行くのは危険そうだったので——お菓子を投げて、三人にそれぞれ一個ずつ渡した。子供たちは包み紙を破って、さっき紫苑《シオン》がしたように、いささかもためらうことなくそれを口に入れた。

すると——。

「……ヒー！　ヒー！　ヒー！」

悲鳴をあげて、走り出した。

紫苑《シオン》とは違い、地面に吐き出すことはしなかった。口いっぱいに広がる辛さに耐えているのだろう、無茶苦茶《むちゃくちゃ》に辺りを駆け回った。そのうちに二人は姿を消し、もう一人も、カボチャにけつまずいて転んだが、すぐ起き上がってどこかに消え去った。

「……なるほどね」

すべてが終わって、紫苑《シオン》はひとりごつ。

「こういうルールか」

このカボチャ畑には、ああいった子供が多数徘徊《はいかい》しているのだろう。それと出くわすたび、プレイヤーは一人につきひとつずつ、お菓子を与えなければならない。もしそれを拒否するか、あるいはお菓子を持っていなかった場合、〈トリック〉——おそらくは、あのごつい武器で殺害されることになる。

ゲームシステムは理解できた。クリア条件はなんだろう、と紫苑《シオン》は考える。脱出型だろうか？　お菓子切れに陥る前に、カボチャ畑から脱出せよという問題設定か？　それとも生存型？　定められたプレイヤー数を子供たちが殺害するまで、ここで粘らないといけないのか？

初期状態から四つ数を減らしたバスケットの中身に、紫苑《シオン》は目を向ける。このお菓子は補充できるのか？　このカボチャ畑のどこかに隠してあったりするのか？　あるいは、ほかのプレイヤーから略奪しないといけない？　その場合、子供たちの持っていた武器が欲しくなってくるが、あれらを頂戴することは可能だろうか？

自分がゲームに集中し始めているのを、紫苑《シオン》は感じる。

ローブの袖を伸ばし、両腕の刺青《いれずみ》を隠して、移動を再開した。

（4／47）

幽鬼《ユウキ》は、目を覚ました。

（5／47）

自然な起床ではなかった。
飛び起きた。三秒もしないうちに、幽鬼《ユウキ》は現状を把握した。四十五回目のゲーム――〈ハロウィンナイト〉に自分は参加した。時刻は夜。場所は、どうやらカボチャ畑。黒いローブを着せられており、三角帽子《ぼうし》も近くに落ちている。ハロウィンだから魔女のコスプレ、ということだろう。
そして、幽鬼《ユウキ》を目覚めさせた原因。
近くで、複数の足音がしていた。
幽鬼《ユウキ》は、視界を一周させた。カボチャの山が進路を限定してはいたが、すみやかにここを立ち去ることは不可能ではなさそうだった。

が、幽鬼《ユウキ》はそうしなかった。足音とともに近づいてくる気配の中に、殺気が含まれていなかったからだ。〈キャンドルウッズ〉で例の殺人鬼と立ち会って以来、そういったものに幽鬼《ユウキ》は敏感だった。友好者か敵対者か、それぐらいは見なくてもわかる。ローブから土を払いつつ、幽鬼《ユウキ》はその場で待機した。

三人の子供たちが、現れた。

幽鬼《ユウキ》と同じく、ハロウィンらしい格好をしていた。向かって右から、おばけ、ドラキュラ、キョンシーである。三人とも背丈が低く、小学生ぐらいではないかと思われたが、顔を隠していたため、本当のところはわからなかった。

「トリック、オア、トリート」

真ん中のドラキュラが、言った。

首を絞められたハムスターが発するような、甲高い声だった。幽鬼《ユウキ》は少しも動かず、子供たちの様子をうかがった。

「トリックオア、トリート」

ドラキュラは繰り返した。

子供たちは、いずれも武器を携えていた。おばけが棍棒《こんぼう》。ドラキュラは剣。キョンシーはトンファーを握っている。そういったものが幽鬼《ユウキ》には与えられていないこと、プラス、決まったことしかしゃべらないこの感じからして、プレイヤーではなさそうだった。運営の用意した、ゲームの舞台装置だろう。

そして、ドラキュラの言葉。トリックオアトリート。その意味はさすがに知っていたが、残念ながら幽鬼《ユウキ》の手元にお菓子はなかった。トリートの選択肢はない。トリックを選ぶしかない。そして、この場合のトリックとは、おそらく——。

どうしよう、と幽鬼《ユウキ》は思った。

しかし、そこで、子供たちがあらぬ方角を向いているのに気づいた。視線を追うと、三角帽子《ぼうし》が落ちていた。幽鬼《ユウキ》のゲームの衣装。ローブと合わせて、魔女の格好となるものだ。なぜにそれを見つめているのだろう、と思いつつ手に取ってみると、その下に、お菓子を収めたバスケットがあるのを発見できた。なるほど、と思った。初めからいくらか配られているわけだ。幽鬼《ユウキ》はお菓子をひっつかみ、一人にひとつずつ放ってやった。もっとよこせと言われたらどうしようと思ったが、杞憂《きゆう》だった。子供たちは包み紙を破ってお菓子を口に入れた。

「ヒー！　ヒー！　ヒー！」

叫声をあげて、子供たちは逃げていった。

一人取り残された幽鬼《ユウキ》は、怪訝《けげん》な顔をした。

満足してくれたのだろうか。それにしては声が悲痛そうだったが。お菓子を食べたときのリアクションとはおおむね思えない。あれはどう見ても、辛いものとか苦いものとか、受け入れがたいものを食べてしまったときのリアクションだった。

バスケットに収められたお菓子のひとつ——おばけの顔が描かれたマシュマロを、幽鬼《ユウキ》は手に取った。見た目にはおいしそうだったものの、あの悲鳴を聞いたあとでは、食してみようという気にはなれなかった。ゲームにおける食料品は、通常、プレイヤーへのサービスである。ゲーム飯と幽鬼《ユウキ》はひそかに称していて、毎回けっこう楽しみにしていたのだが、どうやら今回は事情が違うようだった。珍しいケースだな、と思った。

幽鬼《ユウキ》は三角帽子《ぼうし》を被《かぶ》り、腕からバスケットを提げた。

とりあえず、その辺を歩き回ることにした。歩いても、歩いても、カボチャ畑だった。幽鬼《ユウキ》の身長以上の高さに積まれたカボチャが、壁となり、空間を仕切っている。まるでカボチャの迷宮だった。ほとんどは中身が入っているようだったが、くり抜かれているものもところどころに存在し、監視カメラや照明器具が入っていた。時刻は真夜中のようだったが、そのため視界には問題なかった。

このゲームはなんなんだろう、と幽鬼《ユウキ》は考えを巡らせる。〈ハロウィンナイト〉。その名に違《たが》わぬ、ハロウィンらしい意匠がちりばめられたゲーム。そのシステムの一部を、先ほど幽鬼《ユウキ》は体験した。子供たちのトリックオアトリートに、同数のお菓子をもって応えなければならない。ほかにも多くの子供たちがゲームフィールド内を徘徊《はいかい》しているのだろうということと、お菓子を切らしてしまったら〈トリック〉――子供たちに殺されてしまうのだろうということが、容易に想像できた。

しかし、わかったのはそれだけだ。ゲームの全容はまだつかめない。クリア条件はなんなのか。どのぐらいの規模のゲームなのか。昨今の情勢を鑑みれば、プレイヤー数は特に重要だ。〈ガベージプリズン〉の主犯――刺青《いれずみ》のプレイヤーと遭遇してしまう確率に、ダイレクトに影響するからである。特定のプレイヤーと同じゲームに当たる確率なんてそう大きくはないのだが、それでも、心配しないではいられない。

また、ゲームとは関係のないところに、もうひとつばかり懸念事項があった。

幽鬼《ユウキ》は左目を閉じる。右目だけで――先日検査を受けたばかりの目で――カボチャ畑を網膜に映す。両目で見るのと、そんなには変わっていないように感じられた。ちゃんと見えているように感じられた。だが、それが錯覚に過ぎないことを幽鬼《ユウキ》は知っていた。崩壊は、今このときも着実に進んでいるのだ。

せめて、これ以上の負担はかけないようにしなくては――。

そう思っていると、再び足音が聞こえてきた。さっきと同じく前方から。数はひとつだけだった。

子供たちか、それともほかのプレイヤーか。剣呑《けんのん》な気配は感じなかったので、幽鬼《ユウキ》は速度を落とすことなく進んだ。いくばくもしないうちに、足音の人物と対面した。

それを見て、幽鬼《ユウキ》は驚きの表情になった。

知っている顔だったからだ。

（6／47）

錐原《キリハラ》邸にいた娘さんだった。

灰音《ハイネ》か、心音《ココネ》か。判別はつけられなかったが、そのどちらかだろう。家政婦のような落ち着いた色のワンピース――ではなく、黒いローブを身に纏《まと》っていたが、その顔立ちも、ぴっしりと背筋を伸ばした立ち姿も、見覚えのあるものだった。人違いとは思えなかった。

「あっ……こ、こんばんは」

驚いていたせいで、間抜けな感じの挨拶を幽鬼《ユウキ》はしてしまった。

だが、それはお互い様のようだった。灰音《ハイネ》――あるいは心音《ココネ》は、何度かまばたきをしたのちに、「こんばんは」と答えた。

「えっと、あの……どっちのほうですか？　灰音《ハイネ》さんか、心音《ココネ》さんか」

「灰音《ハイネ》です。妹はここにはおりません」

どうやらこっちが姉であるらしい灰音《ハイネ》に、幽鬼《ユウキ》は続けて問う。「灰音《ハイネ》さん、プレイヤーだったんですか？」

「はい。参加するのは久しぶりになりますが。……幽鬼《ユウキ》さんこそ、どうしてここに？　例の件からは手を引いていたのでは？」

「？　なんの話ですか？」

「……？」

「？」

互いに疑問符を浮かべること数秒。先に口を開いたのは灰音《ハイネ》のほうだった。

「……まさか。このゲームに、偶然参加なさったのですか？」

「え。なんかまずかったですか？」

「まずくはありませんが……。持っていますね、幽鬼《ユウキ》さま」

いつか毛糸《ケイト》にも言われたことだった。「落ち着いて聞いてください」と灰音《ハイネ》は続ける。

「おそらく、このゲームに、刺青《いれずみ》のプレイヤーが参加しています」

言いつけを守れなかった。幽鬼《ユウキ》は驚いてしまった。目に負担をかけないようにしよう、と誓ったばかりだったのに、つい両目を見開いてしまった。

「それを追って、わたくしはゲームに参加いたしました」

「……あの、なんでわかるんですか？」

ほかのプレイヤーが、いつ、どのゲームに出場するか。それは非公開情報のはずだ。そうでなくては、複数のプレイヤーが示し合わせをして、チームで参加することが可能になってしまう。

「わたくしと彼女が、ほぼ同時に参加を表明したからです」灰音《ハイネ》は言う。「先日から、刺青《いれずみ》のプレイヤーを探していて……」

かくかくしかじかの事情を幽鬼《ユウキ》は聞いた。灰音《ハイネ》と心音《ココネ》が、毛糸《ケイト》、および何十人かのプレイヤーとともに、刺青のプレイヤーを探していたということ。幸運の手伝いもあって、その姿を捉えるのには成功したということ。しかし、謀殺まであと少しのところで、エージェントに連絡され、ゲームに参加するという形で逃げられてしまったこと。すぐさま灰音《ハイネ》も自分のエージェントに連絡し、刺青のプレイヤーが参加したと思《おぼ》しきゲームにエントリーしたこと。

「刺青のプレイヤーは、紫苑《シオン》という名前だそうです」灰音《ハイネ》は言う。

「歳《とし》は中学生ほどで、刺青のことを除けば、あまり目立たない容姿をしています。ご覧になっていませんか？」

幽鬼《ユウキ》は首を振った。「残念ですが」と付け加えた。

「そうですか」

幽鬼《ユウキ》は、灰音《ハイネ》の腕に目を向けた。腕そのものを見ているのではなく、刺青のことを考えているのでもなく、そこに提げられたバスケットの中身を確認した。お菓子の数は、幽鬼《ユウキ》よりも少なかった。

「あの、ところで、子供たちにはもう会いました？」幽鬼《ユウキ》は聞く。

「顔を隠してて、ハロウィンっぽい仮装してて。変な声で、トリックオアトリートって言ってくるんですけど……」

「はい。何度か」灰音《ハイネ》は答える。

幽鬼《ユウキ》よりプレイ時間が長いと見て、間違いなさそうだった。「これって、どんなゲームなんです？」と聞いてみる。

「ルールを教えてもらえると、嬉《うれ》しいんですが……」

幽鬼《ユウキ》がしたのと同じように、灰音《ハイネ》は首を振った。

「わたくしにもまだ、よくわかりません。単純にこのカボチャ畑から脱出すればいいのか。

それとも、規定の人数が殺されるまで粘ればいいのか。あるいは、子供たちが満腹になるまでお菓子を与えればいいのか。現段階ではどの可能性もありえます」

ただし、と灰音《ハイネ》は付け加えた。

「わたくしの勝手な見解を述べさせていただくなら——生存型だった場合に、最もクリアが難しくなるかと思われます」

奇《く》しくもそれは、幽鬼《ユウキ》の見解と同じだった。お菓子をあげねば襲いかかってくる子供たち。あの舞台装置から想定しうる最もえげつないルールは、生存型だ。

いちばん困難で、いちばんえげつないルール。それすなわち、真実である可能性が最も高いルールということである。

「紫苑《シオン》を探したいので、失礼いたします」

灰音《ハイネ》は、うやうやしくお辞儀をした。

「またお会いできることを、祈っております」

そう言って彼女は、幽鬼《ユウキ》の横を抜けていった。その姿が小さくなり、カボチャの壁に隠れてしまうまで、幽鬼《ユウキ》は目で追った。

（7／47）

足早に、灰音《ハイネ》はカボチャ畑を歩いた。

驚きだった。まさかあの人も、このゲームに参加していたとは。プレイヤーを半ば引退していて、業界の噂《うわさ》には疎かったが、毛糸《ケイト》からその素性をうかがっていた。

幽鬼《ユウキ》。

数百人のプレイヤーを葬った殺人鬼、伽羅《キャラ》を倒した女。

それならば、ひょっとしたら、今回も同じようにしてくれるのかもしれない。〈キャンドルウッズ〉で伽羅《キャラ》を滅ぼしたのと同じように、〈ガベージプリズン〉にて大量殺戮《さつりく》をはたらいた刺青《いれずみ》のプレイヤー——紫苑《シオン》を、やっつけてくれるのかもしれない。

それが嬉《うれ》しいことなのか、悔しいことなのか、判断は難しかった。

願わくは、自分の手でやりたかったからだ。

（8／47）

灰音《ハイネ》と心音《ココネ》は、錐原《キリハラ》邸の使用人である。

錐原《キリハラ》がプレイヤーを辞め、彫り師に転向したのと同じように、灰音《ハイネ》と心音《ココネ》もしばらく前にプレイヤー稼業を辞し、彼女に仕えていた。完全に引退したわけではなかったが、ほとんどその状態だった。

錐原《キリハラ》に仕えてから、もう数年になる。深い結びつきを灰音《ハイネ》は彼女に感じていた。家族同然——いや——家族以上といえるだろう。あんな連中よりもよっぽど、あの人のほうが大切だ。

灰音《ハイネ》と心音《ココネ》は、家出少女だった。

義務教育すら終わっていない年齢で、家を出た。理由は誰にも話したことがないし、話すつもりもない。その相手が錐原《キリハラ》だったとしても言いたくない。なんとしても墓まで持っていく所存だ。ただ、それでも言えることが灰音《ハイネ》にあるとするなら、〈両親に感謝を伝えましょう。さすれば幸福感が高まります〉なんていう自己啓発の教えは、あらゆる家庭に適応できる絶対のものではないということ。〈おふくろの味をおいしいと思えなくなるのは、親への感謝を忘れているから〉なんていう説教は、いい親の下に生まれついた幸せ者の戯言《たわごと》だということ。田舎から若者が離れていくのは、交通に不便があるからでもなく、土地に魅力がないからでもなく、そこに住んでいる人間がくだらないことこの上ないからだということ。とにかく、自らを生み出した存在と、灰音《ハイネ》たちはもう一秒たりとも関わりたくなかった。死期を悟った猫のように、前触れもなく家を出た。

しかし、未成年の少女が二人だけで生きていけるほど、この国はいいかげんな作りをしていない。それでもなんとかやっていくため、二人はプレイヤーとなった。運営の手を借り、衣食住には事欠かなくなったが、代わりに死と隣り合わせの環境に位置してしまった。プレイヤーを続けなければ、運営の庇護《ひご》は得られない。運営の力なくして、自力では生きられない。

その状況で、手を差し伸べてくれたのが錐原《キリハラ》だった。

元プレイヤーであり、双子の抱える事情をよくわかっていた彼女は、使用人という形で身柄を引き受けてくれた。そのおかげで、灰音《ハイネ》と心音《ココネ》はプレイヤーを辞めることができた。平穏な生活――とはいえない部分も錐原《キリハラ》の仕事の性質上いくらか残りはしたが、いつ死ぬかもわからない物騒な世界からは、抜け出すことができた。

どうして自分を助けてくれたのか、と灰音《ハイネ》は聞いたことがある。

「――ただお手伝いが欲しかっただけだよ」

と錐原《キリハラ》は答えた。

「別に、人助けなんて殊勝な気持ちじゃないよ。現に、雇ってるのはあんたら二人だけだろう？　やろうと思えば、百人だって雇えるのにさ」

そんなふうにとぼけていた。真意はわからない。照れ隠しだったのかもしれないし、本心だったのかもしれないし、実際にはただの気まぐれで雇われただけなのかもしれない。

いずれにせよ、灰音《ハイネ》にとって、彼女はまたとない恩人だった。

それを、突然に奪われた。

覚悟していないことではなかった。なにしろ、錐原《キリハラ》は元プレイヤーだ。クリア回数が三十回近いとなれば、どこからどんな恨みを受けているかわからない。彫り師に転職したあとも、経歴柄、あまりおおっぴらにできない種類の顧客と関わっていたわけで、清廉潔白な人間であるとは決していえない。その方面のなにかしらが原因で殺されたというのなら、納得できなくもなかった。

だが——なんだこれは？　自分とまったく関わりのないゲームのことが原因で、ただの証拠隠滅のためだけに殺される。こんなことが許されていいのか？　いくらなんだって、これはあんまりだ。こんなことが認められていいはずがない。

私の出番だ、と灰音《ハイネ》は思った。

あの女を殺し、あの人の無念を少しでも晴らしてやる。

紫苑《シオン》を追って、半年ぶりに灰音《ハイネ》はゲームに参加した。だが、もはやゲームなんてどうでもよかった。やっと刺し違えてもいい。やつを殺すことさえできれば、生還は望まない。

だから、灰音《ハイネ》は、このゲームを生き延びるための努力をほとんど放棄していた。足音を察知して、子供たちをかわす努力をすることはなかったし、ほかのプレイヤーからお菓子を奪い取ろうとすることもなかった。お菓子を補充する方法を、そのほかに模索することもなかった。ときどき出くわす子供たちに気前よくお菓子を分け与えながら、ひたすらに、カボチャ畑を探し回った。

灰音《ハイネ》が紫苑《シオン》に出会ったのは、バスケットのお菓子が半分を切ったころだった。

（9／47）

大きめのカボチャに紫苑《シオン》は腰掛けていた。

彼女の近くでカボチャに入った照明が光っていたので、姿をはっきり捉えることができた。両腕はローブで覆われており、刺青《いれずみ》を確認することはできなかったものの、その背格好と顔に灰音《ハイネ》は確かな見覚えがあった。

向こうもすでに、こっちを見ていた。足音から誰かが来ていることを察知していたようだ。しかし——紫苑《シオン》の顔は、驚きに染まっていた。プレイヤーではなく、子供たちが来たと思っていたからだろう。事実、彼女は片手にバスケットを持ち、もう片方の手にお菓子を握り、すでにそれを投げ渡す体勢に入っていた。紫苑《シオン》が手放したお菓子が、がさり、という音を立てながら、中身が半分ぐらいになっているバスケットに収まるのが見えた。

灰音《ハイネ》は、緊張した。

念願叶《かな》った。紫苑《シオン》を見つけることができた。だが——落ち着け。肝心なのはここからだ。また取り逃してしまっては話にならない。ここできっちり、やつを仕留めなければならない。

さっきの紫苑《シオン》の反応。ほかのプレイヤーと出くわしてしまった——という以上のものではない。こちらの素性に勘づいている様子はない。それもそのはずだ。紫苑《シオン》との対面は二度目となる灰音《ハイネ》だったが、しかし、あのときは顔を隠していた。自分を襲撃した軍団の中に灰音《ハイネ》がいたことなど、それが自分を追ってゲームに参加していることなど、わかるはずもない。おぞましいほどの怨念をこの胸に抱えていることなど、知るよしもないのだ。

だから、落ち着け。

感情に任せて、飛びかかるなんてことはするな。

忍び足で近づいて、一気呵成《いっきかせい》にたたみかけるのだ。

「——こんばんは」

平静を取り繕った声で灰音《ハイネ》は言った。

使用人しぐさが板についていたので、うまく演技できた、はずだった。

「……ども」

と紫苑《シオン》は返事をした。

警戒心を多分に含んだ返事だった。灰音《ハイネ》のことを、ただの他プレイヤーと認識した上で、それでも警戒している。

このゲームのルールを考えれば、それは当然の反応だった。道中、灰音《ハイネ》が出会ったプレイヤーのほとんどはそうだった。唯一の例外はあの幽霊のようなプレイヤー、幽鬼《ユウキ》だったが、彼女にしたっておそらく、水面下ではきっちりと警戒を払っていたはずだ。

お菓子がなければ死あるのみというゲームシステム。それを思えば、なるべく多くのお菓子を確保したいと考えるのが普通である。そのため講じられる手段は大別してふたつ。減らさないか、増やすかだ。

前者がひどく困難だということを灰音《ハイネ》は思い知っていた。出会ったプレイヤーの一人から聞いたところによると、どうやら子供たちはただ会場を徘徊《はいかい》しているだけでなく、プレイヤーの位置を把握しているらしい。カボチャの山の中に隠れたり、土の下に身を潜めたりして子供たちをやりすごそうとしても、必ず見つかってしまうのだそうだ。監視カメラの映像を見ているのか、あるいは、お菓子やバスケットに発信機が埋められていて、信号を受信しているというのがそのプレイヤーの推測だった。その推理には灰音《ハイネ》も賛成である。

ただ隠れるだけで子供たちの追跡をかわせるのなら、そもそもゲームが成立しないからだ。

それに比べて後者——お菓子を増やすという方向での戦略立案は、ひどく簡単だ。難易度としてはともかく、やり方は非常にわかりやすい。——奪えばいいのだ、ほかのプレイヤーから。トリックもトリートもない、問答無用の略奪である。それが実行されたと思《おぼ》しき痕跡を、すでに灰音《ハイネ》はいくつか目撃していた。〈防腐処理〉で白いもこもこになった血液と、そばに転がる空っぽのバスケット。まだお菓子切れになるような時間帯でもないのに、子供たちに惨殺されたプレイヤーの死体。紫苑《シオン》もすでに、そういったものを目撃していることだろう。だからこそ、灰音《ハイネ》に対して用心を向けているのだ。

手の届く距離にまで、紫苑《シオン》に近づくことはできそうになかった。

飛び道具を使うしかなさそうだった。灰音《ハイネ》は、無言でお辞儀をして、歩き出した。紫苑《シオン》へと向かって——ではなく、彼女の座る前を横切るような道筋で。ただ通り過ぎようとしているふうを装い、ちょうど紫苑《シオン》の目の前にさしかかったところで灰音《ハイネ》は動いた。バスケットを提げているほうの腕——紫苑《シオン》の視点からだと灰音《ハイネ》の胴体に隠れて見えないその腕の上で、持ち手を滑らせた。前腕部を通り、手首を過ぎ去り、手のひらに到達したところで、手を閉じてバスケットをしっかりとつかんだ。

お菓子もろとも、紫苑《シオン》に投げつけた。

（10／47）

恥ずかしい話、紫苑《シオン》は、相手の動きにまったく気づかなかった。見えなかったし、音もなかった。腕から提げていたはずのバスケットが、気づいたときには相手の手に握られていて、しかも紫苑《シオン》のほうに飛んできていた。反射的に腕を上げてガードするなどという、素人じみた対応しか紫苑《シオン》はできなかった。

バスケットが腕にヒットし、ばらばらとお菓子を撒《ま》き散らしながら地面に落下したときには、すでに相手が目の前に立っていた。紫苑《シオン》よりもひとまわり大きい、高校生ぐらいのプレイヤー。その体格差のままに両肩をつかまれ、ずきりと肩が痛んだため紫苑《シオン》は怯《ひる》み、背後にあったカボチャの壁まで無抵抗に押しやられた。すると、相手は紫苑《シオン》の肩から手を離し、顔面を殴るためにその拳を使用してきた。一発、二発、

三発目の拳をつかみ、紫苑《シオン》はなんとか防御した。

もう片方の腕もつかんだ。互いに互いの両手を封じる、取っ組み合いの姿勢になった。一連のやりとりのせいで、紫苑《シオン》の三角帽子《ぼうし》は地面に落ちていたし、右腕のローブがはらりとめくれていた。月明かりの下にさらされた立派な刺青《いれずみ》に、相手は一瞬だけ視線をくれた

が、すぐ紫苑《シオン》へと戻した。

「——探したぞ」

そして、なぜか対話を試みてきた。

「やっと捕まえた。もう逃さない」

「はあ……？」殴られた顔面が痛んでいた。顔をしかめながら、紫苑《シオン》は言う。「なんだよ、てめえ」

刺青《いれずみ》を見られた。〈ガベージプリズン〉の噂《うわさ》をこのプレイヤーが聞いていたのなら、紫苑《シオン》こそが犯人であると気づいたことだろう。そんな危険なプレイヤーを前にして、戦意を失わないのはどういうわけだ？　探したとはどういうことだ？

答えはまもなく与えられた。

「灰音《ハイネ》。桐原佳奈美《きりはらかなみ》の使用人だ」

紫苑《シオン》は驚いた。昔、錐原《キリハラ》に墨入れを頼んだ際に、そんな者はいなかったからだ。

「そんなの、雇ってたのか？」

答えはなかった。拳をつかんでいた手をあっけなく振り払われ、灰音《ハイネ》というらしい女から、またもや顔面に一発もらった。

錐原《キリハラ》の使用人。それがなぜここにいるのかという疑問は後回しだった。すみやかに反撃しなければならなかった。だが、その気持ちと裏腹に、ろくな抵抗もできずに紫苑《シオン》は殴られ続けた。さもありなん、体格が違いすぎるのだ。紫苑《シオン》はまだ体のできあがっていない十四歳、対して向こうはひとまわり上の年齢層。ステゴロの勝敗を分かつのは、なんといっても体格だ。こればかりは紫苑《シオン》にはどうしようもない。殺人のエキスパートである紫苑《シオン》といえども——いや、エキスパートだからこそ、そのどうにもならなさはよくわかっていた。身長の高さと、体重の重さが強さの基準だ。さらにいえば、マウントを取れているかどうかがすべてだ。その法則をくつがえすには、武器を乱入させるしかなかった。

紫苑《シオン》は、手の感触だけを頼りに、それを探し当てた。

ラグビーボールほどの大きさをしたカボチャだった。

カボチャは硬い。小学生でも知っている常識だ。鈍器としての利用が考えられると、かねてより目をつけていた。カボチャの壁に押し当てられている現在、うまく片手で扱えるサイズのものを探すことはいくらでもできた。情け容赦なく、紫苑《シオン》は灰音《ハイネ》の頭をかち割ってやろうとした。

しかし、狙いが外れた。

攻撃のタイミングで、ちょうど、灰音《ハイネ》が間合いを開けたからだった。

空振りした腕に風が当たるのを感じながら、なぜだ、と思った次の瞬間、腹部に走る激痛という形で回答が与えられた。

「……!!」

悶絶《もんぜつ》の二文字だった。

みぞおちを、蹴られた。紫苑《シオン》はくの字に折れ、うまく息ができなくなった。なんとか気力を振り絞って顔をあげると、紫苑《シオン》が落としてしまったカボチャを、灰音《ハイネ》が拾っているところだった。

まずい、と思った。

動かない体と、動かねばという思いに、引き裂かれるような気分を紫苑《シオン》は味わった。

キックの衝撃でカボチャの山が崩れてきてくれたのは、幸運としか言いようがなかった。

(11／47)

そういうこともあるかもしれない——とは紫苑《シオン》も思っていた。カボチャは地面に固定されているわけでもなければ、紐《ひも》でくくられているわけでもないからだ。こんな丸みのある物体が幾重にも積まれて、安定したままでいるほうがおかしいとさえ思っていた。

だから、カボチャの壁がうねりをあげたとき、先に反応できたのは紫苑《シオン》のほうだった。脱兎《だっと》のごとく駆け出す——のはお腹《なか》が痛くてできなかったものの、這《ほ》う這《ほ》うの体《てい》で退散した。重力にしたがって降り注いでくるカボチャたちの射程外へ、逃げることに成功した。

どこどこどこ、と太鼓を連打するような音がした。

カボチャと土が、カボチャとカボチャが、ぶつかり合う音だった。

紫苑《シオン》は、四《よ》つん這《ば》いのままで振り返った。土煙が立っていた。カボチャが散乱していた。そのどちらも今の紫苑《シオン》にとってはどうでもよかった。気になるのはひとつだけ。灰音《ハイネ》が、逃げ遅れてくれたかどうかだ。壁を構成していたカボチャの大きさはさまざまだ。かわいらしいミニサイズのものもあれば、頭に落ちてきたら致命傷は免れない巨大なものもある。やったのか？　死んでくれたか？　あいつの頭をいい感じにかち割ってくれたか？

答えはなかった。

煙の中から飛んできたカボチャが、代わりに教えてくれた。

紫苑《シオン》は慌てて身をかわした。すぐにその場を離れようと、四足歩行を再開する。

「逃げるな！」

後方から、灰音《ハイネ》の声が聞こえた。

「何十人も殺して、自分だけのうのうと生き延びるつもりか！」

どういう文句だ、と思った。言いがかりもはなはだしい。

「当たり前だろうが！」紫苑《シオン》は言い返した。

「誰が自分から死んでやるかよ！変な言いがかりつけんな！」

「人殺しの吐く台詞《せりふ》か、それが！」

「お前だって似たようなもんだろうが！」

紫苑《シオン》は叫ぶ。単純に言われっぱなしが気に入らないのもあったし、声を出すことで脳内物質を分泌し、少しでも早く移動できるようにという狙いもあった。

「復讐《ふくしゅう》しに来たんだろ？　じゃあなにか？　復讐ならいいと思ってんのか？　ゲームならいいのか？　決闘ならいいのか？　誰かのためだったらいいのか？　――いいわけねえだろうが！」

紫苑《シオン》は、吠《ほ》え続ける。

「元プレイヤーって時点でなあ、いつ誰に殺されても文句は言えねえんだよ！　今だってそうさ！　同程度にちゃらけた人間二人で殺し合ってるだけだ！　それ以上の事実はねえんだよばーか！」

「黙れ！　これ以上しゃべる権利がお前にあると思うな！」

紫苑《シオン》の体に、引き戻す力がはたらいた。

振り向く。灰音《ハイネ》が、紫苑《シオン》の足首をつかんでいた。追いつかれてしまった――と思う暇もなく、背中をしたたかに踏みつけられた。胴体が地面に押し付けられるのだが、それと反対に、左脚が浮き上がる感覚があった。灰音《ハイネ》が持ち上げているのだ。

なんのつもりだ、とは思わなかった。

直後、紫苑《シオン》が予想していた通りの痛みが、左脚を貫いた。

「……っあああああああああ!!」

絶叫した。

折られた。左脚の脛《すね》から先が、自分のものでなくなったのを感じた。なにをされたかは知らない。蹴られたのか、それともカボチャでどつかれたのか。もはや歩くこともままならないという結果には、どちらにせよ違いはなかった。

灰音《ハイネ》に髪をつかまれ、紫苑《シオン》は顔をあげさせられた。さっき左脚にしてみせたことを、今度は頭部に対して行うつもりなのだろう。抵抗する力は残っていない紫苑《シオン》だったが、せめて心までは敗北すまいと、ハロウィンのカボチャのごとく満面の笑みを作ってみせた――

――だが、しかし。

「トリック、オア、トリート」

（12／47）

変声期前の子供に特有の、甲高い声だった。

前方からだった。顔をあげさせられていた紫苑《シオン》は、声の主を目に映すことができた。

日本風の幽霊の格好をした子供が、立っていた。

三角の布に、白い着物。地面に達するほど長い髪で顔を隠しており、その両手には、たくさんの釘《くぎ》が打ち込まれたバットが握られていた。

子供だった。

ハロウィンなのに和服もありなのか、と紫苑《シオン》は思った。

その一瞬後に、そうか、そりゃあ来るよな、と思った。カボチャの壁の崩落は、かなりの騒音を辺り一帯に撒《ま》き散らした。子供たちに察知されるのは当然だ。むしろ、一人しか近くにいなかったことを、幸運と考えるべきだろう。

「トリックオア、トリート」

その子供は繰り返した。

紫苑《シオン》は辺りを見渡した。お菓子は、ない。当然だ。紫苑《シオン》の持っているお菓子は、バスケットもろとも逃げる際に置いてきてしまった。灰音《ハイネ》のバスケットも同様。紫苑《シオン》の腕にヒットして、その後は地面に転がされっぱなし。今ごろはふたつ揃《そろ》って、カボチャの下敷きになっていることだろう。

　それすなわち、二人ともトリートの手段がないということだった。その事実を理解したのだろう、紫苑《シオン》のみならず、灰音《ハイネ》も、怨敵にとどめを刺すことなく固まっていた。

　いかん、このままでは――。

　紫苑《シオン》が危機感を覚えた、そのときった。

　左肘に、異物の感触があった。

　丁々発止《ちょうちょうはっし》のやり合いをしていたせいで気づかなかったが、ローブになにか入っていた。

　紫苑《シオン》は、慎重に腕を下げ、それを自分の左手に落とした。

　お菓子だった。

　見るからにカロリーの高そうな、ヌガーだった。

「……っ⁉」

　紫苑《シオン》は、慌ててそれを袖に隠した。灰音《ハイネ》に見られないようにするためだ。

　たちまち、頭がはてなで満ちた。なぜ？　どうして？　ローブの中に隠し預金をしていた覚えはない。そもそも自分のバスケットにヌガーがあった覚えもない。なのに、どうしてこんなものがここに――。

思い当たることがひとつだけあった。

この戦いの開幕の火蓋。灰音《ハイネ》が投げつけてきたバスケットのことだ。紫苑《シオン》の腕にヒットして、ばらばらとお菓子を撒《ま》き散らしながら落下した。おそらくあのとき、紫苑《シオン》のロープに滑り込んでいたのだ。それしかありえない。それ以外に、状況に適合する説明はない。

なんて偶然だ、と思った。

壁の崩落のことといい、今日の自分は、ついている。

「トリートだ！　そら！」

紫苑《シオン》は、ヌガーを投げた。

体力はほとんど残ってなかったが、腕を一回振るぐらいの余裕はあった。直接投げ渡すことはできず、やや手前のところに落下してしまったものの、幽霊の子供は数歩前進して、それを拾った。トリートとして承認してもらえたようだ。

「……きさま！　いつの間に！」

そう言いながら、灰音《ハイネ》は紫苑《シオン》を地面に叩《たた》きつけた。片手に握ったカボチャ――左脚を折るのに使ったものだろう――で紫苑《シオン》を何度も殴りつけた。子供が動き出すよりも前に、紫苑《シオン》を殺害しようという腹だろう。

しかし、殴られているのにもかかわらず紫苑《シオン》は愉快な気分になった。形勢はすでに逆転していた。さっきは負け惜しみとして浮かべたハロウィンカボチャのスマイルを、今度は、勝ち誇りの笑みとして放ってやった。

幽霊の子供は、お菓子をふところにしまった。すぐに口をつけなかったのは、もう一人の返答を聞くためだろう。

「トリックオアトリート」

三度目だった。

この調子では仕留めきれないと思ったのだろう、灰音《ハイネ》は紫苑《シオン》から離れ、カボチャの壁の崩落地点——自分のお菓子があるはずの場所に走った。

だが、もう遅かった。

「トリック」

子供は言い、その背中を追いかけた。

（13／47）

「トリック」

声が聞こえた。灰音《ハイネ》は振り向いた。

さっきの子供が、釘《くぎ》バットを振り回し、髪も振り乱しながら走ってきていた。プレイヤー経験の浅い灰音《ハイネ》にもわかるほど、濃厚な殺意を全身から放っていた。やはり、お菓子をあげないプレイヤーは、殺害されるということで間違いないらしい。

その速度を見て、大丈夫だ、と灰音《ハイネ》は思った。向こうとこちらでは足の長さが違うし、釘バットの分だけ重量的な負荷もある。普通に走っていれば追いつかれることはない。紫《シ》苑《オン》を仕留められなかったのは口惜しいが、仕方ない。ここは一旦逃げ切って、それからまた出直すのだ——。

その考えが甘かったことを、すぐに思い知った。

音もなく飛んできた釘バットが、灰音《ハイネ》の脇腹にめり込んだ。

「がっ……!?」

自分の意思とは無関係に、体が前方に吹っ飛ぶ。

一回か二回、回転して、うつ伏せの姿勢で土の上に倒れた。横向きになった視界に、幽霊の子供と、灰音《ハイネ》と同じく地面に転がっている釘バットが映った。

ばかな。あんな大きなバットを、子供の力で投げられるはずが——そう思ったところで、あの子供が運営の用意したものだということに思い至った。ただの子供ではないのだ。プレイヤーが〈防腐処理〉を施されているように、きっとあの子供にも肉体改造が——プレイヤーがやったら反則を取られるに違いないような代物が——施されているのだろう。

バットを拾い、子供は灰音《ハイネ》に近づいてくる。

辺りを見渡した。皮肉なことに、吹っ飛ばされたおかげで、カボチャの壁の崩落地点に到達していた。灰音《ハイネ》のバスケットからこぼれたお菓子が、このへんに落ちているはずだ。

ゴキブリのように這《は》い回りながら、灰音《ハイネ》は周囲を必死に探し——

そして、ひとつ見つけた。

シュークリームだった。奇跡的に、カボチャに潰されることなく形を保っていた。

すぐそばにまで迫っていた子供に、叩《たた》きつけるようにそれを渡した。

「……トリート！」

しかし、子供は追撃をやめなかった。

釘バットを大きく振りかぶって、灰音《ハイネ》の頭にフルスイングをきめた。

一旦トリックが宣言されたら、もうアウトのようだった。灰音《ハイネ》は地面に叩きつけられた。肉体的な意味でも、精神的な意味でも、もはや動けなくなった。さらなる追撃を試みんとする幽霊の子供に、されるがままになった。

好き放題殴られ蹴られしながら、あふれんばかりの理不尽を灰音《ハイネ》は感じた。なぜだ。なぜ私が死ななきゃならない？　死ぬべきなのはあいつなのに。私が正であいつが邪であるはずなのに。あんないいタイミングで壁が崩れてくるなんて。計ったようなタイミングで子供が現れるなんて。どうしてあいつのいいようになにもかもが作用するんだ？　あのときだってそうだ。エージェントが駆けつけてこなかったら、やつを仕留められていたはずなのに。なんだって運命はあんなやつの味方をするんだ？

私のほうが、ちゃんとしていたはずなのに。

私のほうが、ずっと真面目に生きてきたはずなのに。


（14／47）


ものの一分もしないうちに、幽霊の子供は灰音《ハイネ》を惨殺した。その後、紫苑《シオン》が渡したヌガーを口に放り込み、ヒーヒー言いながら去っていった。あんな辛いお菓子を何個も食べて、よく腹を壊さないものだと紫苑《シオン》は感心した。

そして、安堵《あんど》の息を吐いた。

危なかった。ひとつでもなにかが狂っていたら、死んでいた。先日からピンチが続いているが、どれもこれもきわどいところで助かっている。意識したことはなかったが、もしかしたら自分は悪運が強いのかもしれない。

こうしちゃいられない、と紫苑《シオン》は思う。カボチャの壁の崩壊音を聞いていたのは、あの子供だけではないはずだ。ほかの子供たち、およびプレイヤーたちがいつやってくるかわからない。その前に、カボチャの下敷きになっているお菓子を回収しなくては。

さんざん殴られた体と、先のほうが動かない左脚を引きずって、紫苑《シオン》は行動を再開した。

そのダメージが意味することに、紫苑《シオン》はまだ、気づいていない。

（15／47）

誰かが悲鳴をあげたのを、幽鬼《ユウキ》は聞いた。

（16／47）

近くで聞こえた。カボチャ畑を歩いていた幽鬼《ユウキ》は、身をすくめた。

まもなく、幽鬼《ユウキ》が歩いていた道の先から、プレイヤーの一団が現れた。全部で三人。バスケットを所持しておらず、全員が無茶苦茶《むちゃくちゃ》焦った顔で走っている。そのローブのあちこちに、出血を意味する記号——白いもこもこが張り付いていた。当人たちに怪我《けが》をしている様子はなかったので、たぶん誰かの返り血だろうと幽鬼《ユウキ》は思った。

三人のプレイヤーを追って、さらに後方から子供たちが現れた。こちらは二人。片方はミイラで、もう片方はゾンビ。いずれもその手には巨大な武器を握っていた。ミイラはサーベルで、ゾンビは鎖付きの鉄球。どうやらすでに使用済み・・・らしく、ふたつとも白いもこもこが付着していた。それらの事実から想像される状況。おそらく、あのプレイヤーたちは最初は四人——もしくはそれ以上の集団だったが、一人か二人やられ、慌てて逃げているということなのだろう。お菓子切れに陥るには時期が早いはずだが、誰かに奪われたのか、あるいは、プレイヤーのほうから要らぬちょっかいを出したのかもしれない。

幽鬼《ユウキ》が分析しているうちに、子供たちが武器を振るった。

子供の身の丈に見合わぬ巨大な武器が、いともたやすく振るわれた。三人のプレイヤーのうち一人がサーベルに一刀両断され、さらにもう一人が鉄球に頭を砕かれた。後者の亡《なき》骸《がら》が邪魔をしたせいで、残った一人が足をもつれさせてしまい、転んだ。そのプレイヤーにミイラとゾンビが迫った。

「……クソガキが！」

最後のプレイヤーは叫んだ。そばにあったカボチャを手に取り、ゾンビのほうに飛びかかる――のだが、下剋上《げこくじよう》は起こらなかった。ゾンビは一切防御しなかった。がん、とカボチャを頭にぶつけられたが、石像でも殴ったかのようにびくともしなかった。次にその子供が動き出したのは、自分の意思によってだった。ひゅんひゅんと鎖を回して勢い増した鉄球を叩《たた》きつけた。最後のプレイヤーは高く打ち上げられ、壁の向こうに吹っ飛ばされた。ぐしゃり、という、生命の終わった音が聞こえた。

一仕事終えると、ミイラとゾンビは幽鬼《ユウキ》のほうを見た。

「トリック、オア」「トリート」

と言ってきた。

幽鬼《ユウキ》は、バスケットからふたつお菓子を取った。

あんなものを見せられては、トリートをしないわけにはいかない。通常、この手のゲーム――プレイヤーを処刑する専用の存在があるゲームでは、それに反撃し、脅威を排除することも選択肢のひとつだ。現に、少し前の遊園地のゲームではそうした。しかし、子供たちのパフォーマンスを見るに、今回はどうやら無理そうだった。あの怪力、そして頑丈さ、ただものではない。おそらくいつかの狸狐《リコ》のように、体をいじり回している。あれに逆らうのは賢い選択ではなさそうだった。

幽鬼《ユウキ》はお菓子を放った。子供たちはそれを拾い、口に入れ、ヒーヒー言いながら去っていった。あのリアクションは絶対やらないといけないのかな、と思いつつ、幽鬼《ユウキ》はそれを見送った。

そして、バスケットの中身に目を向けた。

少し、寂しくなっていた。

灰音《ハイネ》と別れてから、カボチャ畑を幽鬼《ユウキ》は探索していた。このゲームはおそらく生存型だろうという読みはあったが、脱出型の可能性も残っていたし、ただじっとしているのも性に合わなかったからだ。道中、子供たちとたびたび出くわし、手持ちのお菓子は徐々に数を減らしつつあった。しばらくはまだ大丈夫だろうが、果たしてゲーム終了まで保《も》つだろうか――。

考えをめぐらせつつ、なおも探索を続ける幽鬼《ユウキ》。

そうしていると――再び、誰かの悲鳴が聞こえた。

（17／47）

続けて、複数の足音が聞こえてきた。

近くにひとつ、それよりも少し遠くに、いくつか。プレイヤーの足音なのか、子供たちの足音なのか、聞いただけではさすがに判別がつかなかった。お菓子を切らして子供たちに追いかけられているプレイヤーがいるのか、それとも、プレイヤー同士で追いかけっこをしているのか。いずれにせよ、なにかしらの争いが起きていると見て間違いあるまい。

幽鬼《ユウキ》は前後に目を走らせた。そこは、カボチャの壁で作られた一本道の真ん中だった。隠れる場所はない。もしも足音の集団がここを通りかかったら、接触は避けられないだろう。最悪の場合、戦闘になることも覚悟しつつ、引き続き幽鬼《ユウキ》は一本道を進んだ。

やがて、足音の主が姿を現した。

丸っこい体型をしたプレイヤーだった。ローブをはためかせながら、必死こいて走っていた。ローブの上からでもわかるほど明らかに太っているのにもかかわらず、その速度はわりと速い。命がかかっているからだろう。丸い両手を使って、バスケットはしっかりと保持していたものの、三角帽子《ぼうし》は落っことしているようだった。漫画のたんこぶのようなまんまるな形をしたお団子が、ふたつ頭にくっついていた。

幽鬼《ユウキ》を瞳に映し、「助けて！」とまんまるな娘は叫んだ。

「追われてます！　助けてください！」

たぶん初心者だろうな、と幽鬼《ユウキ》は思った。

体型からしていかにもそうであるし、協力関係でもない他人に〈助けて〉なんて台詞《せりふ》を吐けるのは、初心者だけだ。

まんまるな娘は、幽鬼《ユウキ》に接近してきた。その勢いを利用する形でクロスカウンターを叩《たた》き込む――ということもできなくはなかったが、悪意あるプレイヤーではなさそうだったので、やめておいた。幽鬼《ユウキ》の目の前で立ち止まり、ぜいぜいと吸気しながら膝に手をつき、「あの、半分、お菓子、あげますから」と言いながら、バスケットを幽鬼《ユウキ》に向かって掲げるのを、黙って見ていた。

そのあたりで、追加のお客さんもやってきた。

全部で八人。全員、ローブと三角帽子《ぼうし》とバスケットを身につけた、プレイヤーだった。まんまるな娘とは違い、誰一人として膨らんだ体型をしていることはなかったし、うぶな顔つきをしていることもなかった。獲物を前にした人間特有のぎらついた目をしていた。八人のプレイヤーは、幽鬼《ユウキ》の姿を認めると、一様に目を丸くした。どたばた走っていたせいで、幽鬼《ユウキ》の足音に気づかなかったのだろう。しかし、それも一瞬のことで、ぎらついた眼光をまもなく取り戻した。

「――やあやあ、お嬢さん」

連中の一人が、挨拶をしてきた。白黒入り交じった髪のプレイヤーだった。

「用件はおわかりですよね？　トリック、オア、トリート。大人しくお菓子を渡せば、手荒な真似《まね》はいたしません」

どうやら、狩りの現場に遭遇してしまったらしい。

徒党を組んで、まんまるの娘からお菓子を奪おうとしていたのだろう。ほかのプレイヤーから略奪する――。お菓子切れを避ける戦略のうち、最も単純なものだ。そのためにチームを組むというのも常套手段《じょうとうしゅだん》。お菓子の必要量は人数分だけ多くなるが、だとしても、一対一の戦いを一回こなすより、八対一を八回こなすほうが一般的に言って楽だ。今現在のように、八対二となったところで、その法則に変わりはない。

がさり、と音がした。

まんまるの娘が、幽鬼《ユウキ》のバスケットにお菓子を入れる音だった。報酬は先払いということらしい。

よかろう、と思う。幽鬼《ユウキ》の手持ちも、そろそろ少なくなってきたころだ。

「いやだ」

八人のプレイヤーに向かって、きっぱりと幽鬼《ユウキ》は答えた。

「お菓子はあげない。トリックできるものなら、してごらんよ」

答えはなかった。略奪者たちは、無言で近づいてきた。

たぶん彼女らは中級者だろう、と幽鬼《ユウキ》は思った。立ち居振る舞いがいかにもそうだったし、四十五回目のプレイヤーである幽鬼《ユウキ》のことを知らない様子だったからだ。チームを組んで一人を狙い、お菓子をかき集めるという行動方針も、なんとなくそれっぽい。ゲームには慣れているものの、隅から隅まで知り尽くしているというほどではない、中級者だ。八人という数は少しだけ怖いが、問題なく撃退できるはずだ。

そう結論して、幽鬼《ユウキ》は走った。

それに反応したのか、向こうも走った。両者が月夜の下で交錯し——

——十秒もかからなかった。

一人目のみぞおちに拳を、二人目のアキレス腱《けん》にローキックを叩《たた》き込んで悶絶《もんぜつ》させた。奥から出てきた三人目のパンチをかわし、その腕を引っ張って転ばせ、背中を踏みつけた。左からつかみかかろうとしてきた四人目の頭を逆につかまえ、同時に右から現れた五人目の頭に激突させた。幽鬼《ユウキ》の後ろに回り込んでいた六人目のロープをつかみ、七人目に向かって放り投げた。八人目はどこだ、と辺りを探すと、人間の頭ほどの大きさをしたカボチャを抱え、幽鬼《ユウキ》へと走っているところだった。鈍器として使用するつもりらしい。片足が地面から離れたタイミングで足払いをかけて転ばせた。その手からこぼれたカボチャを幽鬼《ユウキ》はキャッチし、倒れた八人目の頭にどすん——という音が最大限響くよう、耳のすぐそばに落下させた。

「……まいりました」

八人目が言った。「グッドゲーム」と幽鬼《ユウキ》は答えた。

（18／47）

「じゃあ、ちょっとずつもらってくね」

連中のバスケットを目の前に並べつつ、幽鬼《ユウキ》は言った。顔やら手足やら腹やら背中やら、全員揃《そろ》ってどこかしらを痛めていた八人のプレイヤーたちは、黙ってうなずいた。

各バスケットから、ひとつかみずつお菓子を頂戴した。バスケットもろとも頂戴することも不可能ではなかったが、幽鬼《ユウキ》はそうしなかった。腕にじゃらじゃらとバスケットを吊《つ》り下げた状態では動きにくいし、一人で過剰量のお菓子を占有してしまっては、ほかのプレイヤーたちに結託され、狙われるリスクも増す。ほどほどの量で手打ちにするのが賢明だろうと思った。

それでも、まんまるの娘からもらった分と合わせて、バスケットは満杯になった。幽鬼《ユウキ》はその場を後にした。

カボチャの壁が成す一本道を歩く。しばらく行ったところで、背後のプレイヤーたちに気づかれないよう、ひそかに幽鬼《ユウキ》はほっとした。よかった。ちゃんと動けた。多人数を相手にした近接格闘も、今のところは問題なくこなせるようだ。

先ほどの戦闘。お菓子を補充するという意味も、あのまんまるの娘を助けるという意味ももちろんあったわけだが、それに加えて、自分の現状を確認するという意味合いもあった。今の自分がどのぐらいちゃんと視《み》えているのか。ちゃんと反応できるのか。それを試したのだった。前回のゲーム――〈クラウディビーチ〉でも特に問題はなかったわけだし、そんな急に支障が出るわけもないのだが、確認できたことにはそれでも安心した。

それにしても、とうとう、ああいう集団が現れるようになったか。このゲームのルールと、それによって生まれた危機意識が、プレイヤー全体に広まってきたということを示唆する事実だった。いよいよゲームも山場を迎えたということだろう。幽鬼《ユウキ》の考えが正しければ、ここからさらに争いは激化していくはずだ。気を引き締めてかからねば、と思いながら、幽鬼《ユウキ》は肩を回す。

と、そのとき、こちらに近づいてくる足音があった。

背後からだった。幽鬼《ユウキ》は振り返った。

例の、まんまるな女の子がいた。

幽鬼《ユウキ》についてきていたらしい。なんだろう、と思っていると、さっきとは打って変わって小さな声で、「ついていかせてください」と彼女は言った。

「……え？」

「あ、いや、そうじゃなくて……」

まんまるな娘は、口ごもった。適切な言葉を探している様子だ。やがてシンキングタイムは終わり、元気いっぱいの声量で彼女は言った。「その――」

「私を、弟子にしてください！」


（19／47）


多くの業界がそうであるように、この業界にも師匠と弟子の概念がある。

多くの業界よりも、その存在は重要だ。一度の失敗で命を失う、ないしは致命的なダメージを負うかもしれないこのゲームにおいて、〈独学〉するということ――たくさんの失敗を経験しながら試行錯誤することは、きわめて難しいからだ。生き残りのノウハウを師匠は弟子に伝え、その弟子はまた別のプレイヤーに、さらなる学びを追加した上でそれを伝承する。その繰り返しでプレイヤーの技術は発展してきた。誰あろう、幽鬼《ユウキ》もその歴史に属する一人だ。白士《ハクシ》という、九十五回クリアの伝説的プレイヤーから、おそらくは業界内で最高品質の技術を受け継いでいる。

周りのプレイヤーを見る限り、三十回を超えたあたりから、ぽつぽつと弟子を取り始める傾向にあった。先人から受け取ったものを、誰かに伝えるべき時期が来ているのかもしれないと、前々から思ってはいた。

だから、それは、突拍子もない話では全然なかった。

決して、ないのだが。


（20／47）


「私、玉藻《タマモ》っていいます」

唐突に名乗られた。見た目にぴったりの名前だな、と思ったが、言わないでおいた。

「あの、えっと……なんて？」

「私を、弟子にしてください」

はっきりと玉藻《タマモ》は答えた。聞き間違えでは済まされなかった。

「なんで急にそんな話を……？」

幽鬼《ユウキ》は聞いた。再び口ごもりながら、玉藻《タマモ》は答える。

「その、長生きしたかったら師匠を見つけろ、ってエージェントさんに言われてて。それで、あなたのようになりたくて……」

師匠を早めに見つけられるか否かがプレイヤーの寿命を左右するというのは、業界の常識だ。エージェントによっては、担当のプレイヤーにそれを奨励することもあるだろう。

彼女の気持ちを幽鬼《ユウキ》は想像する。ならず者たちに追いかけられて、もはやこれまでと思われた自分。そこに通りかかった幽霊のようなプレイヤー。声を嗄《か》らして助けを求めると、たのもしく応えてくれる。十秒もかからず楽勝で連中をなぎたおし、悠々とその場を後にする――。

考えてみれば、かなりコテコテな状況だった。まるで西部劇のヒーローだ。幽鬼《ユウキ》としては、お菓子を報酬とした取引をしただけのつもりだったのだが、その姿が輝かしいものに見えていたのだとしても、不思議ではない。この人に弟子入りしたいという方向に、気持ちが滑ったとしても不思議ではない。

「だめだ」

幽鬼《ユウキ》は首を横に振った。

「弟子は取らない方針なんだ。悪いね」

いつか誰かに技術伝承をしなければならないという思いはあったが、まだ心の準備ができていなかった。幽鬼《ユウキ》はやんわり断ろうとする。

しかし、「そこをなんとか、お願いします」と玉藻《タマモ》は食い下がる。

「ちなみに、私が誰か知ってるの？」

「……？　いいえ。初対面……ですよね？」

四十四回クリア、〈キャンドルウッズ〉の数少ない生き残りであると知って、声をかけてきたわけではないらしい。なかなか見る目があるじゃないかと思わないでもなかったが、

「だめだよ」と幽鬼《ユウキ》は繰り返す。

「特に、髪の毛をツインにまとめてる女の子は絶対だめだ。いい思い出がないもの」

「わかりました。すぐにほどきますから……」

そう言って玉藻《タマモ》は、自分の頭についている団子をしゅるしゅるとほどいた。「待った待った待った」と幽鬼《ユウキ》は止める。

「そういう問題じゃないんだって」

「じゃあ、どうしたらＯＫしてくれるんです？」

意外と粘るな、と幽鬼《ユウキ》は思った。考えてみればさっきも、体型の不利にもかかわらず略奪者たちから逃げ回れていたわけだし、土俵際で強いタイプなのかもしれない。

「わかった」幽鬼《ユウキ》は神妙に言う。

「そんなに言うなら仕方ない。私の門下に入れてあげよう」

「……ありがとうございます！」

玉藻《タマモ》は深々と頭を下げた。

「では、さっそく指導を始める」幽鬼《ユウキ》は適当な方角を指差した。「とりあえず、あっちを向きなさい」

ひとかけらも疑う様子なく、玉藻《タマモ》はその通りにした。

彼女の両膝の裏に、幽鬼《ユウキ》はキックをかました。

足払いをかけたのだ。体型が体型ゆえ、ただでさえバランスの不安定だった彼女は、強制的に膝を曲げられたせいでそれを完全に崩した。尻餅をついて、だるまのごとく転がった。その隙をついて幽鬼《ユウキ》はすったかたーと逃亡した。

「レッスン1だ！」と幽鬼《ユウキ》は言う。

「体型の改善！　悪いけど、その体じゃ長生きはできないね！　スリムアップするまで走って、私に追いつけるぐらいになったら合格！　それができたら次のレッスンをしてあげよう！」

完全に無茶《むちゃ》を言っていた。人間、走ったところでそんなすぐに痩せるわけはない。このゲームの間には達成不可能だろう。すなわちこれは事実上、あんたとはここでおさらばするという宣言だった。

話のからくりに気づいたのだろう、「ああっ、待って!」と絶望を含んだ声で玉藻《タマモ》は言う。だがしかし、一秒たりとも幽鬼《ユウキ》は待たない。全力疾走して、どんどん彼女を引き離す。

「せめてお名前だけでも! 教えてください!」

そのぐらいなら答えてやってもいいかと思った。「幽鬼《ユウキ》だ!」と名乗る。

「幽《かす》かな鬼と書いて幽鬼《ユウキ》! またの機会があったらよろしく!」

よろしくお願いしまーす、と遠くから飛んできた玉藻《タマモ》の声が、ぎりぎり幽鬼《ユウキ》の耳に届いた。

——この一連の会話を、のちに幽鬼《ユウキ》は死ぬほど後悔する。

(21/47)

紫苑《シオン》は、そのプレイヤーの顔面を殴りつけた。

(22/47)

がん、がん、と繰り返し鉄拳を浴びせた。

そのプレイヤーに、紫苑《シオン》は馬乗りになっていた。すでに十分痛めつけてあるので、相手は抵抗らしい抵抗をほとんどできない状態だった。あとはもう、そのほとんどがゼロになるのを待つだけだ。相手を気絶させる目的が半分、鬱憤を晴らすのがもう半分という気持ちで、繰り返し繰り返し、紫苑《シオン》は殴りつけた。

まもなく、相手は動かなくなった。

失神したのか、死んだのか。どっちでもよかった。紫苑《シオン》は拳を下ろした。灰音《ハイネ》に折られた左脚を引きずりながら、その場を去った。

その際、近くに転がっていたバスケット――倒したプレイヤーが持っていたものだ――を奪った。そこそこの中身が入っていたそれを見て、一難去ったことを紫苑《シオン》は再確認した。

灰音《ハイネ》を返り討ちにしたあと、紫苑《シオン》はカボチャの壁の崩落地点を探していた。しかし、案の定、そこで発見されたお菓子の多くはカボチャに潰されていた。包み紙から飛び出していなければ大丈夫なのではと思い、試しに子供たちへ差し出してもみたのだが、例の甲高い声で「ノー」と言われた。形崩れしたものは認められないらしい。

かろうじて無事だったものをいくらか回収できたが、それだけでは心許《こころもと》なかった。お菓子を補充する必要があった。いくつかカボチャを叩《たた》いて中身を確かめてみたり、壁の崩落したところの土を掘ってみたりしたのだが、結果は芳《かんば》しくなかった。会場に隠されているお菓子はないようだ。ゲームの開始時、プレイヤーに配られたものがすべてなのだろう。ならば、お菓子の補充方法はただひとつ。他人から奪い取ることだ。

紫苑《シオン》の、最も得意とするところだった。

拳銃で武装した集団から逃げることや、復讐心《ふくしゅうしん》でたぎった人間と戦うことに比べたら、いともたやすいミッションだった。己の体が傷だらけになっているのをいいことに、お菓子を奪われてしまった哀れなプレイヤーを装い、助けて、お菓子を恵んでくれ、と言いながらほかのプレイヤーに接近した。お菓子を分け与えてくれることはなかったものの、接近すること自体には問題なく成功したので、飛びかかり、気絶するまでしこたま殴ってお菓子を奪った。これまで百人以上のプレイヤーを手にかけてきた紫苑《シオン》である、このぐらいは朝飯前だった。

ただし、失態もやらかした。そのプレイヤーの口封じが遅れ、悲鳴をあげられた。もう少しすれば、声を聞きつけた子供たちや、ほかのプレイヤーがここに駆けつけてくるだろう。だからこそ左脚を引きずり、ロープを地面に擦《こす》り付けてまで紫苑《シオン》は急いでいるのだが、そうした努力は残念ながら徒労に終わった。

自分のものではない足音を紫苑《シオン》は聞いた。

足を怪我《けが》している紫苑《シオン》だったので、大した移動速度は出せず、逃げ隠れることはできなかった。足音の主と対面することは避けられなかった。

四人組のプレイヤーだった。見るからにガラの悪そうな連中だった。

「お――持ってんじゃん」

紫苑《シオン》に目を向けて、連中の一人が言った。顔面に何個ピアスを開けられるかのギネス記録に挑戦しているかのような女だった。

「よこしな」と、そのプレイヤーは手を前に出した。

「大人しく渡せば、手荒な真似《まね》はしないよ」

「奪ってみなよ」

かぶせるように紫苑《シオン》は答えた。ちょいちょい、と手招きしてやった。

強がりだと思ったのだろう、連中はためらうことなく近づいてくる。ピアスの女が、紫苑《シオン》の胸ぐらにつかみかかろうとして――

――十秒とかからなかった。

そいつのあごを強打し、ふらついた隙に飛びかかって押し倒した。顔面――を殴るのは大量のピアスが邪魔でやりたくなかったので、代わりに腹部を繰り返し殴った。それを救出しようと近づいてきた二人目の顔にはピアスがなかったので、迷いなく顔面にパンチを与えて撃退する。三人目が後ろから肩をつかんできて、銃創の痛みに一瞬だけ紫苑《シオン》は顔をしかめたが、後ろ向きのヘッドバットを喰《く》らわせてこれも撃退。四人目がカボチャを抱えながら襲ってきたので、奪い取り、逆にそいつの頭を殴った。

地面に倒れた四人目に追撃するため、紫苑《シオン》はカボチャを振りかぶる。

腕を上げたために、ローブがめくれ、刺青《いれずみ》があらわになった。紫苑《シオン》の噂《うわさ》を聞いていたのだろう、四人目が目の色を変えて、言った。

「まさか、お前――」

「今更気づいても、遅《おせ》えよ」

紫苑《シオン》はカボチャを振り下ろした。断末魔の悲鳴があがった。

（23／47）

四人とも殺してお菓子を奪った。

楽な仕事だった。灰音《ハイネ》のときは先制攻撃をされたせいで手こずったが、落ち着いて戦えばこんなものだ。四人を相手にしたぐらいで、後れをとる紫苑《シオン》ではない。

さて、お菓子を補充できたのはいいが、また悲鳴をあげられてしまった。さっさと退散すべく、紫苑《シオン》は痛んだ体に鞭打《むちう》った。

しかし、また足音が聞こえてきた。

またもや、別のプレイヤー集団と遭遇してしまった。今度は五人。紫苑《シオン》の姿を認めると、好戦的な態度を見せた。むべなるかな。なにせ相手はたった一人。強そうな見た目をしているとはとても言えないし、立つことすらままならないほどダメージを負ってもいる。弱っているやつを標的に選ぶのは狩りの常道だ。いまいましいが、納得しないわけにはいかない。

後悔させてやる、と思いながら、紫苑《シオン》は戦闘態勢に移るのだが——

——そこで。

このゲームのシステムに、紫苑《シオン》は思い至る。

（24／47）

カボチャ畑を歩きながら、幽鬼《ユウキ》は顔を上向けた。

空の色は、いまだ変わりない。

（25／47）

前回のゲーム――〈クラウディビーチ〉のときには星の動きで時間を計ったが、あれは藍里《アイリ》がいてくれたからできたことだ。幽鬼《ユウキ》にそのスキルはない。空が真っ暗で、夜明けにはまだまだ時間がかかりそうだということぐらいしか、読み取ることはできない。ゲームが終わるまであとどのぐらいかかるのかも、さっぱりわからない。

〈ハロウィンナイト〉。ハロウィンの夜のゲーム。

ゲーム名、および舞台設定から考えて、〈クラウディビーチ〉と同じ生存型だろうと幽鬼《ユウキ》は当たりをつけていた。ゲームが山場を迎えた現在も――念のために会場の探索は続けているものの――その予想に変わりはない。プレイヤーはカボチャ畑から脱出する必要もなければ、子供たちを一人残らずやっつける必要もない。ただ、朝が来るまで粘るだけでいい。子供たちにお菓子を与えながら一晩を過ごし、無事に日の出を拝むことができればゲームクリア。それが幽鬼《ユウキ》の推測するルールだった。〈ハロウィンナイト〉だから、夜が終わればゲーム終了。きわめて単純な問題設定である。

ゲームの生還率は平均して七割前後。であるからして、子供たちがねだるお菓子の数に対し、最低でも七割以上がプレイヤーには配られていると考えられる。実際には、もう少し多いだろう。八割か九割か、ひょっとしたら十割以上――すべてのプレイヤーが生還するのに、十分な量のお菓子が存在しているかもしれない。

しかし、現実の生還率はそれよりもずっと低いだろう、と幽鬼《ユウキ》は見ていた。

というのも、このゲームは見た目よりも凶悪な仕組みをしているからだ。その凶悪さは、ルールの不明瞭さから生じている。〈クラウディビーチ〉のときと同じく、このゲームは、プレイヤーに与えられている情報が少ない。会場の広さ――プレイヤーの数や子供たちの数――必要と思われるお菓子の量も不明。生存型であるという幽鬼《ユウキ》の予想も不確かだし、仮にそうだったとして、いつ夜が明けるのか正確にはわからず、一晩でゲームが終わるという保証もない。

そんな中、はっきりしているルールがひとつだけある。お菓子がなければ、子供たちにいたずらされてしまうということだ。深夜の街灯のようにそのルールは燦然《さんぜん》と輝く。このゲームで唯一信頼できる生存戦略は、なるべく多くのお菓子を手元に置いておくことだ。

そして、そのためには――。

お菓子を奪い合えなんて誰も言っていないのに、自然とその選択肢が頭に浮かんでしまうわけだ。巧妙な心理誘導だと幽鬼《ユウキ》は評価する。子供たちに繰り返しねだられ、寂しくなっていくバスケットの中身を見て、お菓子を補充したいと思わないプレイヤーがどこにいるだろうか？　少なくとも幽鬼《ユウキ》には無理だった。あの玉藻《タマモ》という娘のおかげで、他人に襲いかかるという形には幸いにもならなかったが、もう少し切羽詰まっていたら、それも検討していたことだろう。

多くのプレイヤーがお菓子に余裕を持とうとした結果、大勢の死者が出る。

それが、このゲームのシステムなのだ。

「……灰音《ハイネ》さん、大丈夫かな……」

幽鬼《ユウキ》はつぶやく。

刺青《いれずみ》のプレイヤー——確か紫苑《シオン》と言うのだったか——を灰音《ハイネ》は追っていた。無事、復讐《ふくしゅう》を果たせたかという点でも心配だったが、そのあとのことも心配だった。〈ガベージプリズン〉で大量殺戮《さつりく》をはたらいたプレイヤー。そんなやつと殺し合って、無傷で済ませるのは難しいだろう。もしも怪我《けが》を作っていたなら——顔にあざができたという程度のものでも、彼女の生還率は大幅に下落してしまう。

なぜなら、序盤に少し怪我をするだけで、このゲームは著しく不利になるからだ。

プレイヤー全員がおそらくは承知している通り、お菓子を補充するには他者から奪うしかない。そのためには、なるべく弱そうな相手をターゲットに選ぶことが肝要だ。ダメージを負ったプレイヤーは、それゆえに他者から標的とされやすい。そして、それゆえに、さらなるダメージを負ってしまうリスクも、また高くなる。

つまりは、負のループがあるということである。怪我を負ってしまったプレイヤーは、それを根拠に狙われる。狙われるから、またどこかを痛めてしまう。その怪我を根拠にますます狙われやすくなる。その繰り返しで、どんどん消耗させられてしまう。だから、このゲームで怪我をするのは禁物だった。弱者に追い討ちをかける力学が辺り一面にはたらいている。ほんの少しの怪我も、増殖するかびのごとく、たちどころに満身創痍《まんしんそうい》へ発展してしまうのだ。

（26／47）

紫苑《シオン》は、満身創痍になった。

（27／47）

「……死ね！」

紫苑《シオン》は、座った姿勢で、地面に転がっているプレイヤーを蹴り飛ばした。

死ねとは言ったが、もう死んでいる。紫苑《シオン》に挑み、返り討ちにされたプレイヤーの死体だ。似たような背格好の死体が近くにふたつ転がっている。三人組のチームだった。

熱くなった額に、紫苑《シオン》は手を当てた。

切り傷ができていた。三人組のうち最後まで抵抗したプレイヤー——紫苑《シオン》がさっき蹴り飛ばした女にやられたものだ。爪を研いで武器にしていたらしく、額以外にもあちこち引《ひ》っ掻《か》かれた。傷口を触っていると憎らしさがよみがえってきたので、紫苑《シオン》はもう一度死体を蹴った。左脚は折れているので右脚を使ったが、キックの瞬間、変な感触があった。戦闘中に痛めてしまったようだった。

カボチャの壁を背に、紫苑《シオン》は休んだ。

息は乱れ、脈拍は激しかった。ずっと戦闘続きだった。お菓子を守ることはなんとかできていたが、疲労は激しいと言わざるを得なかった。物理的なダメージもさることながら、体力や精神力という意味でも、消耗している。さっきの三人を倒すのに、精根使い果たした気配だ。もしも次、ほかのプレイヤーに遭遇してしまったら、きっと紫苑《シオン》は無事では済まないだろう。

「くそっ」と紫苑《シオン》は言った。

本来なら、このゲームは自分にとってたやすいもののはずだった。

なぜなら、紫苑《シオン》には刺青《いれずみ》があるのだから。〈ガベージプリズン〉のこと、および刺青のプレイヤーのことは、業界内でもっぱらの噂《うわさ》である。紫苑《シオン》こそが噂のあの人だとわかれば、大抵のプレイヤーは手を出してこなくなるはずだ。このゲームの中核、自分のお菓子を守り抜くという行為を、刺青を見せるだけで紫苑《シオン》はなかば達成できる。このアドバンテージがありながら、負けることなど本来なら考えられない――はずだった。

だがしかし、灰音《ハイネ》の乱入でその優位は打ち消されてしまった。泣きっ面に蜂。弱り目に祟《たた》り目。このゲームがそれらの言葉を体現していると気づいたときにはもう遅かった。灰《ハイ》音《ネ》との戦闘で深いダメージを負った紫苑《シオン》は、一転して格好の標的となってしまった。

刺青を見せて、それで撤退してくれるプレイヤーは少なかった。半数ほどは、どうやら紫苑《シオン》のことを知っている様子だったが、現状のこのありさまを見れば、脅威ではないと考えるのが普通だろう。ほとんどのプレイヤーと紫苑《シオン》は戦うはめになった。最初のうちは、実力差を見せつけてやれば退散してくれるやつもいたが、時が経《た》ち、お菓子に余裕がなくなってくると誰も撤退しなくなった。不退転の覚悟を拳に乗せてくるようになった。そうなれば、紫苑《シオン》も無傷では切り抜けられない。さらなる怪我《けが》を負い、それを根拠にまた狙われ、傷を負う。その繰り返しで、紫苑《シオン》は満身創痍《まんしんそうい》に陥っていた。

あいつさえいなければ、と紫苑《シオン》は思う。

灰音《ハイネ》。紫苑《シオン》を追ってゲームに参加した、錐原《キリハラ》の使用人。どうやって〈ハロウィンナイト〉のことを嗅ぎつけたのだ？　紫苑《シオン》がこのゲームに参加していると知る方法はないはずなのに。あいつを退けた瞬間には自分の悪運に感謝したものだが、もはやそうとは思えなかった。ついてないにもほどがある。こんなの、やってられない。ゲームを度外視して、自分を狙ってくるプレイヤーがいるなんて。そのせいで不利な状況に陥れられるなんて
――。

因果応報、の言葉が頭に浮かんだ。

それはなんだ、自己紹介か？　ゲームとは関係のないところで、ほかのプレイヤーを襲ってきた女。そりゃお前のことじゃないか。今までに一体何人を殺してきた？　百人はまず下らないはずだぜ。それをお前、自分がやり返されたからって、不満を述べるのはフェアじゃねえよな。

「うるせえよ」

自分の頭に毒を吐いた。

仕方なかった。どうしようもなかったんだよ。それはてめえが一番よくわかってんだろ。

反論の言葉を作りながら、紫苑《シオン》は不愉快を募らせる。

また遠くから足音が聞こえてきたとき、その不愉快は頂点に達した。

どうかこっちに来ないでくれ、と紫苑《シオン》は祈る。しかし、このゲームにおいて、祈りを捧《ささ》げた人間の行き着くところは、決まってひとつだけだった。

八人組のプレイヤーが、紫苑《シオン》の前に現れた。

全員、あちらこちらにあざを作っていた。すでに誰かと戦ったあとのようだ。しかし、どうやら勝利したわけではなかったのだろう、バスケットの中身は寂しかった。連中の顔にも、それ相応の焦りが出ていた。

きっと、連中の目には、紫苑《シオン》がねぎを背負《しょ》った鴨《かも》のように映ったことだろう。

紫苑《シオン》のそばに転がる三つの遺体――紫苑《シオン》の戦闘力の証《あかし》を見ても、彼女たちは尻込みしなかった。お菓子をよこせとも、トリックオアトリートとも言わず、黙って近づいてきた。

「僕とやるってのか」

紫苑《シオン》は、目つきを鋭くする。

「だったら、それなりの覚悟をしろよ」

紫苑《シオン》は腕まくりをして、両腕の刺青《いれずみ》を見せつけた。どうかこれで引いてくれ、と思うのだが、「なんですそれ？」と連中の一人が気がない様子で言った。

「この彫り物が目に入らねえか――とでも？」

紫苑《シオン》を知らないようだった。この、情弱どもが。


（28／47）


どんな人間にも、初めてはある。

紫苑《シオン》が初めて殺害したのは、自分の両親だった。理由は誰にも話したことがないし、話したくもない。殺したくなるやつらだったと言えば説明として十分だろう。さらなる説明を付加するならば、紫苑《シオン》の両親が、一説には剣よりも強いともされる言葉の力をためらわず悪用する人間だったということ。そして、自分よりもはるかに多くのボキャブラリーを持ち、いくらでも紫苑《シオン》を言い負かすことができる人間を黙らせる方法は、暴力しかなかったということだ。

両親を殺害した瞬間、突き抜けるような解放感と達成感を紫苑《シオン》は味わった。やった。やり遂げた。己を生み出した存在に、僕は勝利した。これでやっと、僕は自由になれる――。

その思いがまぼろしに過ぎなかったと気づいたのは、すぐだった。

それ以来、人間を殺害したいという欲求が、紫苑《シオン》の心に巣食うようになった。魂の底まで洗浄されるかのようなあのさわやかさを、あのとき確かに感じたはずの〈本物〉を、もう一度味わいたい。なにで紛らわそうとしてもだめだった。日増しにその思いは強くなり、四六時中紫苑《シオン》の頭を責《せ》め苛《さいな》むようになった。

紫苑《シオン》は、呪われたのだ。

だから、プレイヤーになった。命懸けの世界。命を大切にしましょうなんていう標語の、存在しない世界。自分のような人間にはぴったりの場所だと思った。ここならば、誰にもはばかることなく紫苑《シオン》は暴れられる――。

だがしかし、その思いも幻想に過ぎなかった。当たり前だ。表だろうと裏だろうと、人間の集まるところには社会がある。他人の自由を剥奪《はくだつ》するということは、あらゆる社会において最上級の悪徳だ。紫苑《シオン》のような人間は、ここでもお呼びでない。どんな場所だろうが、お呼びがかかることなんてない。自分を隠さないことには、この世界では生きられない。日陰の業界においても日陰者。それが紫苑《シオン》の行き着いた立場だった。プレイヤーを続けるかたわら、人知れず他者を殺害し、暗がりの中でこそこそと欲求を満たす生活だった。

そんな紫苑《シオン》に、手を差し伸べてくれたのが、伽羅《キャラ》だった。

八人組のプレイヤーを相手に、紫苑《シオン》は防戦一方だった。
紫苑《シオン》とは比べ物にならないほど格下の相手だったが、コンディションがコンディション
だし、相手の人数も人数だった。一度敗北を喫しているからだろうか、連中の動きは慎重
だった。紫苑《シオン》が手負いだからといって、警戒なく近づいてくるようなことはせず、遠くか
らカボチャを投げて攻撃するという戦法を取ってきた。紫苑《シオン》はローブを使って防御したり、
投げ返して反撃を試みたりもしたのだが、戦況をくつがえすことはできなかった。
そして、ついに、決定的な瞬間がやってきた。
紫苑《シオン》の背中に、カボチャがヒットした。
背骨を打たれたせいで、紫苑《シオン》の体が硬直した。

（30／47）

伽羅《キャラ》。
のちに〈キャンドルウッズ〉の一件で、一躍有名となる人物。
だが、紫苑《シオン》が出会ったときは、まだ一介のプレイヤーに過ぎなかった。紫苑《シオン》と同じく、

正体を隠して活動する殺人鬼。自分と同類のプレイヤー。それはおそらく、世界で唯一、ありのままの紫苑《シオン》を受け入れてくれる人物だった。

伽羅《キャラ》は、紫苑《シオン》のほかにも二人、十代の女の子を自宅に住まわせていた。どうやら伽羅《キャラ》に心酔しているらしい、萌黄《モエギ》というプレイヤー。なにを考えているのかよくわからない、日澄《ヒズミ》というプレイヤー。伽羅《キャラ》に加えてこの二人と、しばらく紫苑《シオン》は共同生活を送った。

紫苑《シオン》がいちばんよく会話したのは、萌黄《モエギ》だった。年齢が近かったのと、二人とも親元を離れてきたというところで、意気投合した。私はこれまで、両親の言う通りいい子にしてきた。だけど、それですべてを失った。だから私は変わらないとだめだ。あの人の下で、わがままを突き通す能力を学ぶのだ――。繰り返しそう口にしていた。なんだか怪しい自己啓発にはまりそうなタイプだな、と紫苑《シオン》は思っていた。彼女には申し訳ないが、長生きできそうなプレイヤーには見えなかった。

逆に、日澄《ヒズミ》とはあまり話をしなかった。まともな会話の通じる相手ではなかったからだ。昨日培養液から出されたばかりのアンドロイドみたいにぼうっとしているかと思えば、突然スイッチを入れたように怒り出したりする、難儀な人格の少女だった。どこからが激怒するラインなのかなと紫苑《シオン》は気になって、浴槽の中身を冷水に入れ替えておくとか、ばたばたと身を躍らせる魚のおもちゃを布団の中に仕込んでおくとか、微妙ないたずらをいろいろと仕掛けて遊んだ。逃げる紫苑《シオン》と、ぶち切れて刃物を振り回しながらそれを追いかける日澄《ヒズミ》というのが、共同生活中によく見られる光景だった。紫苑《シオン》の戦闘スキルの半分は、彼女に鍛えられたようなものだ。そういう意味では、密接にコミュニケーションをしていたと言えるかもしれない。

そして——伽羅《キャラ》には、本当にいろんなことを教えてもらった。発見されにくい死体の隠し方とか、〈防腐処理〉を踏まえた効率のいい人体破壊の方法とか、役に立つ話もあれば、死体にたかったうじ虫の成長具合から死亡推定時刻が測れるとか、殺した相手の人皮をなめすときには脳味噌《のうみそ》が使えるからそうするといいとか、本当かどうか疑わしいうんちくを聞かされることもあった。生きている意味とか、自分の人生のあり方とか、十代の少女らしいことを相談することもあった。伽羅《キャラ》に弟子入りしていたつもりはないのだが、教えを受けていたという意味においては、彼女は紫苑《シオン》の師匠だったといえるだろう。紫苑《シオン》が今日まで、二十九回ものゲームを生き延びられたのは、彼女の存在によるところが大きい。

あのころは楽しかった。

紫苑《シオン》の人生で、初めてといってもいい幸福な日々だった。

だが、こんな関係が長続きするわけもないのだった。

けだし当然だ。なんたって、殺人鬼を中心とするコミュニティなのだ。いくら隠れようとしても、世界はそれを排除しにかかる。

まず、萌黄《モエギ》と伽羅《キャラ》が死んだ。〈キャンドルウッズ〉――三百人以上の参加したあのゲームで、我慢できずに大暴れしてしまったらしい。萌黄《モエギ》が長生きできないことはなんとなくわかっていたが、伽羅《キャラ》が死んだことにはしばらく納得がいかなかった。殺しても死にそうにない人だったからだ。本当はどこかで生きてるんじゃないのかと、今でもときどき思うことがあるが、仮にそうだったとしても、行方を知らない紫苑《シオン》にとっては死んだのと変わりがない。

頭領の伽羅《キャラ》が消えたことで、共同生活も終わりとなった。その後も日澄《ヒズミ》とはちょくちょく連絡をとっていたのだが、少し前にそれも途切れた。エージェントから聞いたところによると、どうも、死んだらしい。〈ガベージプリズン〉と同時期に行われたゲームで、命を落としてしまったようだ。

そして、最後に紫苑《シオン》だけが残された。

自分の力ではどうにもならない大きな流れに、潰されかかっているのを紫苑《シオン》は感じる。きっと、こうしたことは、歴史上たくさん行われてきたのだろう。纏足《てんそく》やサティーなんていう物騒な風習が禁止令を出されてきたように、精神論や体罰が野蛮なものとして排除されてきたように、喫煙者もろとも煙草《たばこ》が社会の隅に追いやられていっているように、きっ

と僕も近いうちに滅ぼされるのだろう。この世界は日が経《た》つごとにどんどんよくなってい
く。僕みたいなのは、地上からいなくなっていく。みんなが死んだのも、僕が死ぬのも、
そうした代謝活動の一端に過ぎないのだろう。
〈ガベージプリズン〉の前から紫苑《シオン》は、心のどこかで運命を悟っていた。
生き残るための努力を続けながらも、なかば生存を諦めていた。
誰からも歓迎されないものは、地上から消し去られる。
その法則に逆らうことはできないのだから。

当たり前だろうが。気づくのが遅《おせ》えよ、アホ女。

（31／47）

幸いにも、紫苑《シオン》は殺されずに済んだ。
紫苑《シオン》のような殺人が趣味のプレイヤーではなかったし、灰音《ハイネ》のような復讐心《ふくしゅうしん》で満々のプ
レイヤーでもなかったからだ。ただ、抵抗できなくなるまで痛めつけられ、お菓子を奪わ
れるだけで済んだ。バスケットに入っていたものはもちろん、もしものときのためロープ

に隠しておいたものまで、全身くまなく調べられ、持っていかれた。

八人組が去って、力なく紫苑《シオン》は地面に横たわった。もう、動けなかった。どこもかしこも痛くて、ただそこに存在しているだけで精一杯だった。紫苑《シオン》にできるのは、そのままの姿勢で目を開けて、すぐそばの地面を見ることぐらいだった。

すると、そこで、紫苑《シオン》は数奇な再会を果たす。

割れたジンジャークッキーが、紫苑《シオン》のそばに落ちていた。

その割れ方には覚えがあった。ゲームの開始直後、地面に吐き出したものだ。紫苑《シオン》の倒れているこの場所が、自身の初期配置場所だということをそれは示していた。知らない間に、戻ってきていたらしい。

クッキーに土を被《かぶ》せて埋めたことを紫苑《シオン》は記憶していたが、現在、それは地上に露出していた。八人組と戦っている間に、知らず知らず掘り返していたのだろうか。

人型をしたジンジャークッキー。にっこりとした顔で、紫苑《シオン》を見つめていた。

「なに見てんだよ」

紫苑《シオン》は因縁をつけた。

ガンを飛ばした。ジンジャークッキーはちっとも動じず、にこにこしていた。大したものだと紫苑《シオン》は思いながら、最後の気力を振り絞って、クッキーを拾った。

子供たちに渡す——のではない。包み紙に入っていないお菓子は、たとえ形を保っていてもトリートとは認められないことを、すでに確認している。誰にあげるつもりもない。自分で使うために、紫苑《シオン》はそれを拾ったのだ。

土を払うことなく、紫苑《シオン》はそのクッキーを食った。

数時間前にも体感した辛すぎる味わいが口に広がった。だが、今度は吐き出さなかった。数回咀嚼《そしやく》して、飲み込んだ。みるみるうちに全身が驚きをあらわにした。食べ物にあらざるものを食べてしまったせいだ。脈拍は増加し、体温は上昇し、頭が冴《さ》え渡《わた》った。手足にも多少の活力が戻った。ジンジャークッキーは紫苑《シオン》に力を与えた。後先のことを考えない、正真正銘、最期の力を。

気つけだった。

紫苑《シオン》は起き上がった。少しだけ動かせるようになった体を引きずり、目的の場所に向かった。

死ぬのはいい。

だけども、死ぬ前に、あの使用人とやらの面を殴ってやる。

（32／47）

空が白みかけてきたのを、幽鬼《ユウキ》は見た。

（33／47）

もう少しだな、と思った。夜が明ければゲームは終了。日の出の時間になればいいのか、それとも太陽が完全に見えるまで待たないといけないのか、どのタイミングで終わるのかは不明だ。それでも、時間経過がはっきりとわかる変化が確認できたのは嬉《うれ》しかった。

幽鬼《ユウキ》はバスケットを見た。お菓子はまだ、少し残っている。これまでの消費ペースから考えるに、おそらくはもう足りている。補充はしなくていい。ここからはできるだけ、お菓子を減らさないように——子供たちやプレイヤーになるべく会わないように、立ち回るのがいいだろう。

脱出型かもしれないという可能性を考え、カボチャ畑を探索していた幽鬼《ユウキ》。しかし、どうやら出口はないようだった。プレイヤーが脱出できないよう、カボチャの山で外周を囲っているのだろう。これ以上の探索は必要ないと感じ、一箇所にとどまるようになっていた。静かに息をひそめ、子供たちやプレイヤーに見つからないようにしていた。

だが、こちらにやってくる足音が聞こえたので、移動せざるをえなくなった。

忍び足を使いながら、幽鬼《ユウキ》は左目を覆い、右目だけで前を見た。ときどきこうして経過を確認しているのだった。

見える景色は、まだ、代わり映えしない。


（34／47）


〈ハロウィンナイト〉の始まる前、錐原《キリハラ》邸に赴いた日のこと。

用事を終えてアパートに戻った幽鬼《ユウキ》を、エージェントが出迎えた。彼女に言われるがまま、運営の息がかかっているのだろう病院にまで連れて行かれ〈検査〉を受けた。そして、幽鬼《ユウキ》にとって、喜ばしいとはいえない結果を告げられることになった。

「――すぐにどうこう、という話ではなくて、よかったです」

病院の帰りに、エージェントが言ってきた。

「……永遠にどうともないのが、理想ではありましたけどね」

その心とは裏腹に、幽鬼《ユウキ》は軽口を叩《たた》いた。

幽鬼《ユウキ》の右目は、機能を失いつつある。

どうも、そういう話のようだった。

〈キャンドルウッズ〉において、伽羅《キャラ》から、手痛い一撃を幽鬼《ユウキ》は右目にもらっていた。もう一年以上前のことだ。問題なく視力は回復したし、大丈夫だと思っていたのだが――そのじつしっかりと、毒を含まされていたようだ。エージェントの言う通り、すぐにどうこうという話ではなかったが、着実に喪失が進んでいるようだった。最悪の場合、失明も覚悟せよ。幽鬼《ユウキ》は病院でそう告げられていた。

自覚症状は、なかった。人間が脳内で視野を自動補正しているというのは、どこかで聞いたことがあった。片目の視力や視野が損なわれても、あからさまに変化があるようには感じないらしい。なれど見えていないという事実は確かにある。運営の医療チームやエージェントを、幽鬼《ユウキ》は信頼している。彼女らがそうと言うのなら、それは本当にそうなのだろう。

また、自覚症状はなくとも思い当たるところはあった。思えば最近の幽鬼《ユウキ》は、いろいろ不注意をやらかしていた。おっちゃんの工房で粗相をしたり、小銭をばら撒《ま》いてしまったり。このままプレイヤーを続けるとなれば、ああいう類《たぐい》の事件が、ゲーム中に発生することもあるだろう。症状が進行すれば、もちろん、問題はさらに深くなる。

体を失うのは、初めてのことではない。

例えば、幽鬼《ユウキ》の左手。その中指から小指は義指である。ゲーム中の怪我《けが》ということでいえば、数限りない。手足、髪、頭皮、その他もろもろ。自分の体を失うことには、それなりに慣れているつもりだった。

だが、これぱかりはショックだった。視力はまずい。一部だけならともかく、眼球そのものを取り替えることは現代医療では不可能だ。おっちゃんの義体も、眼球まではさすがにサポートしてないだろう。なくなったら、それまでだ。

片目が見えなくなる。その問題の大きさは語るまでもない。そうなったら、幽鬼《ユウキ》の命は長くないだろう。せめてもう少し保《も》ってくれよ、と幽鬼《ユウキ》は思う。クリア回数はまだ四十五。目標とする九十九回の、折り返し地点にすら来ていないというのに——。

「……弟子にしてやりゃあ、よかったかな」

カボチャ畑を歩きながら、幽鬼《ユウキ》は口の中で言った。

あのまんまるな娘——玉藻《タマモ》のことが頭に浮かぶ。彼女の弟子入り志願を、幽鬼《ユウキ》は断った。まだ、心の準備ができていなかったからだ。

しかし、そうしなければならないのかもしれない。

幽鬼《ユウキ》がプレイヤーとして活動できる期間は、終わりつつあるのかもしれない。

師匠がしたのと同じように、幽鬼《ユウキ》も、誰かに託さないといけないのかもしれない。

「………」

幽鬼《ユウキ》の目の前が暗くなった。


（35／47）


いつか、幽鬼《ユウキ》は、師匠と話したことがある。

「――誰でもいいから殺してやりたい、って思ったことないですか？」

いつ、どんな状況での会話だったかは覚えていない。どこかのゲームで出会ったときか、それともゲーム外で稽古をつけてもらっていたときか。そのときの幽鬼《ユウキ》がむしゃくしゃしていたということは確かだろう。でなければ、こんな話を人には振らない。

「私を差し置いて、幸せそうにしているやつらが許せない。私がこんなに苦しんでるのに、なんともないみたいに回ってる社会が許せない。なんかもう、全部無茶苦茶《むちゃくちゃ》にしてやりたい。……そういう気持ちになったことってないですか？」

〈キャンドルウッズ〉以前――本格的にプレイヤーを始める前の幽鬼《ユウキ》。まともに生きているとは言えず、かと言ってすっぱり死ぬこともできず、幽霊のようにふらふらしているだけの存在。体全体に、行き場のない怨念のようなものが満ちていたのを、幽鬼《ユウキ》はよく覚えていた。

記憶の中の師匠――白士《ハクシ》は答える。

「あるな」

「……あるんですか？」

少し意外に思った。その手のものとは無縁そうな人だったからだ。

「若者というのは、得てしてそういうものだろう」師匠は言う。

「まるで今は若者じゃないみたいな言い方ですけど。師匠、おいくつなんです？」

「さあな」師匠ははぐらかした。「ただ、少なくとも、今のお前みたいな気分になること
はもうないな」

「なぜ？」

「すべきことがあるからだ」

師匠のすべきこと。身の毛もよだつ殺人ゲームで、前人未到の九十九連勝。

「人間、力の注ぎ先が見つかれば安定するものさ」

「……そういうもんですかね」

「全人類に適応できるかは知らないが、私の場合はそうだったな」

幽鬼《ユウキ》の場合もそうであると知るのは、もう少し先のことになる。師匠から継承した九十

九連勝の野望が、幽鬼《ユウキ》を現世につなぎとめてくれた。まともな生き方ではないかもしれないが、自分で自分を納得させられるほどには尊い目標だった。
しかし——もしまたこれを失ったら、自分はどうなってしまうのだろう？

（36／47）


幽鬼《ユウキ》は、はっとした。

目の前の道が、どこにも続いていないことに気づいたからだ。行き止まりだった。カボチャの壁が一部崩れて、道を塞いでいた。

その近くで、倒れているプレイヤーが一人いた。全身から白いもこもこを撒《ま》き散らしていて、ぴくりとも動かない。十数メートルの距離から見ても死んでいることが一発でわかった。遺体の損壊具合から見て、おそらく、子供たちに殺されたのだろう。行き止まりに突き当たってしまったせいで、子供たちから逃げ切れなかった、というところだろうか。

そんなふうに予想を立てながら幽鬼《ユウキ》は遺体に近づいた。

そして、目を剥《む》いた。

灰音《ハイネ》だった。

顔が潰れていたものの、髪型や背格好などから、断定できた。

死んでしまったらしい。刺青《いれずみ》のプレイヤーに返り討ちにあったのだろうか。それとも、復讐《ふくしゅう》を遂げることはできたが、その後のゲームでお菓子を確保できなかったのか。あるいは、刺青のプレイヤーと出会うことのできないまま、お菓子切れに陥り殺されてしまったのか。どうか二番目であってほしいな、と思いつつ、幽鬼《ユウキ》は遺体から目を離した。

行き止まりに目を向けた。カボチャの壁が崩れるという形でできた代物なので、さほど高く積み上がっているわけでもなければ、隙間なく完全に塞がれているわけでもない。人混みの中を進むときみたいに、身をよじらせくねらせすれば、通れないこともなさそうだ。が、それはいささか面倒だったし、カボチャに変な衝撃を与えれば、さらなる崩落が起きることも考えられる。要らぬリスクを負うこともあるまいと、幽鬼《ユウキ》は踵《きびす》を返すのだが——

——そこで。


（37／47）

満身創痍《まんしんそうい》の体で、紫苑《シオン》は灰音《ハイネ》のところに向かった。

（38／47）

道は覚えていた。お菓子を狙うプレイヤーと連戦するようになってからは、逃げるのに必死でそんな余裕はなかったが、それ以前――初期配置場所から灰音《ハイネ》と遭遇するまでの道のりは、はっきりと記憶していた。今回が三十回目のゲームとなる紫苑《シオン》なので、このぐらいは朝飯前である。

道中、人と遭遇したのは一度だけ。丸々太ったデブのプレイヤーだった。戦闘にはならず、たったひとつの言葉も交わすことなく、すぐに別れた。お菓子を奪おうにも、体格的に絶対勝てそうにはなかったし、あちらさんもお菓子を持たない紫苑《シオン》に興味はなさそうだったからだ。

デブのプレイヤーと別れたあと、なんであんなのが参加してるんだろう、と紫苑《シオン》は思った。興行物であるこのゲームのプレイヤーは、基本的に顔がいいはずなのだが。まあ、太っていることが美の基準だった時代も過去にはあったというし、ああいうのが好きという層も〈観客〉の中にはいるのかもしれない。それをいうなら紫苑《シオン》だって目立たない顔をしているわけで、これは要するに、人の好みは千差万別という話なのだろう。

ともあれ、紫苑《シオン》はほかのプレイヤーに襲われることも、子供たちに出くわすこともなかった。さっきまでは自分の運命を呪っていた紫苑《シオン》だったが、ここにきて急に運が向いてきた。どうも近頃、紫苑《シオン》の天運は風向きの変わりが激しい。優しくなったり、かと思えば急激に厳しくなったり、これは一体どういうことだ？　運命は自分になにを望んでるんだ？

そんなふうに思いながら、紫苑《シオン》は、カボチャの壁の崩落地点にたどり着いた。

――そこで。

二人は、出会った。

（39／47）

こいつは、と紫苑《シオン》は思った。

幽霊のようなプレイヤー。その名前を紫苑《シオン》は知っていた。直接会うのは初めてだったが、噂《うわさ》を聞いていた。幽鬼《ユウキ》。あの〈キャンドルウッズ〉を生き延び、我が師匠を倒したらしいプレイヤー。機会があれば、一度話してみたいとは思っていた。

追い詰められるだけ追い詰められたこの場面で、それと出くわすなんて――。

それが幸運なことなのか、不運なことなのか、紫苑《シオン》にはまだわからない。

しまった、と幽鬼《ユウキ》は思った。

気配は感じていたが、ここまで接近されているとは思わなかった。幽鬼《ユウキ》が踵《きびす》を返したとき、すでに彼女はそこにいた。

満身創痍《まんしんそうい》のプレイヤーだった。

左脚が折れている。四《よ》つん這《ば》いの姿勢で、ここまで来たらしい。素肌の露出している箇所——顔と両手両足に、無数のあざが浮かび上がっている。変色していない領域のほうが少ないぐらいだ。ローブで覆われている箇所も、悲惨なことになっているのが想像できた。命の灯火《ともしび》が、今にも消えかかっている。気配の大きさを幽鬼《ユウキ》が測り間違えたのは、そのせいだろう。

しかし。

その顔には、ダメージにそぐわぬ気迫が宿っていた。彼女とは初対面の幽鬼《ユウキ》だったが、これと似たものを一度だけ見たことがある。〈キャンドルウッズ〉における、萌黄《モエギ》というプレイヤーの顔だ。かつて幽鬼《ユウキ》の心を奥底まで貫いた、真剣な面構え。全身全霊をかけて、なにかを貫こうとしている人間にしかできない顔だった。

その出会いがどういう意味を持つものなのか、幽鬼《ユウキ》には、まだわからない。

(40／47)


「……あんた、幽鬼《ユウキ》か？」

名前を呼ばれた。相手の様子をうかがいつつ、「うん」と幽鬼《ユウキ》は答えた。

「私を知ってるの？」

「知ってるさ。知ってる。親の仇《かたき》みたいにね……」

相手の唇が不自然に歪《ゆが》んだ。見る者に不安感を抱かせる歪みだった。

「初対面だと思うんだけど、誰なの？」幽鬼《ユウキ》は聞いた。

答えはなかった。その代わり彼女は、手術室に入る医者のように両腕を上げた。ローブがずり落ち、肘のあたりまであらわになった。

両腕ともに、火傷痕《やけどあと》のような刺青《いれずみ》が埋め尽くしていた。

「これでいいかい」

彼女は言った。それで十分だった。

「……あなたが……刺青のプレイヤー……紫苑《シオン》？」

「よくご存知《ぞんじ》で」

どうりで異様な雰囲気をまとっているわけだ。まずいな、と幽鬼《ユウキ》は思う。もう少しで、遭遇することなくやり過ごせたというのに。

「そこをどいちゃくれないかな」紫苑《シオン》は言う。

「そいつをぶん殴りたくて、僕はここに来たんだよ」

紫苑《シオン》の視線を幽鬼《ユウキ》は追った。その先には、灰音《ハイネ》の遺体があった。

「これは、あなたがやったの？」

「ああ」

紫苑《シオン》はあっさりと答える。

「僕に復讐《ふくしゅう》しに来たらしい。返り討ちにしてやったよ」

紫苑《シオン》はこっちに近づいてきた。幽鬼《ユウキ》は、その場に立ったままでいた。どかないという意思表示を読み取ったのだろう、紫苑《シオン》はある程度の距離で止まった。

そして、言った。「なあ――あんた、あれ、どう思う？」

「あれって？」

「ほら、あれだよ……〈復讐はなにも生まない〉ってやつ。あの言説についてどう思う？」

幽鬼《ユウキ》は少し考えて、答えた。「まあ、なにも生まないのは確かだろうね」

「でも、そういうのって、当人の気持ちの問題だからさ。やりたくてしょうがないなら、やるしかないんじゃないかな」

普通に答えたつもりだったのだが、紫苑《シオン》は目を丸くした。「変なやつだな、あんた」と言われた。

「僕の見解はこうだ。……あいつらは現実を見ちゃいない」彼女は続ける。

「あいつら決まって、復讐《ふくしゅう》したあとの話ばっかりするんだ。ただ虚《むな》しいだけとか、少なくとも気は晴れるとかなんとか……。肝心の実行方法については一切考えない。ただ刃物かなんか持ってきて〈殺してやる!〉。ばからしいったらないね。どんな大悪人だって、殺されそうになったら抵抗するさ。その抵抗がうまくいけば、返り討ちってことになるさ。その可能性が検討されないのはどういうわけなのかな?」

紫苑《シオン》はさらに続ける。

「結局、その程度の器ってことなんだろうね。こんなことあってはならない。あいつを許してはおけない。そのふたつだけでいっぱいいっぱいになっちまうんだ。どのように相手を攻め、傷つけ、死に追いやるか、日夜考えてるこの僕に〈気持ち〉だけで勝とうなんて考えが甘いね。現実を見ない人間に生きる資格はない。やつらは死んで当然。殺されて当然なのさ。……なあ、僕は変なことを言ってるかな?」

「……言ってると思うよ」

幽鬼《ユウキ》は答えた。

「少なくとも、あなたよりは、いいかげんな復讐する人のほうが理解しやすいさ」

紫苑《シオン》は短く笑った。「あんたに言われたかないね」と言った。

「聞いてるぜ。あんた、九十九回のゲームクリアを目指してるんだって？」

「うん」

「なんだって、そんなことを？」

「なんでって言われると、難しいんだけどね……」

ほおを触りながら、幽鬼《ユウキ》は表現を選んだ。

「だいぶ昔に、この道で行くって決めたからさ。決めたからには、進まないとね」

ちょうど今、揺らいでいるところだけど――とは、言わないでおいた。

「意味がわかってるのか？」紫苑《シオン》は聞いてきた。

「遠回しな自殺だぜ、そりゃ」

「そうかもね」

「やめときなよ」

忠告のニュアンスが含まれた言葉だった。

「そんなわけのわかんねえもん、後生大事に抱えなさんな。でないとあんた、近いうちに破滅するぜ——僕みたいに」

そう言って、紫苑《シオン》は両腕を広げた。自分の姿を見せつけるような仕草だった。

「…………」

その姿を見て、幽鬼《ユウキ》は悟る。

刺青《いれずみ》のプレイヤー、紫苑《シオン》。なぜ大量殺戮《さつりく》をはたらき、いかにして死の縁に追い詰められ、なにを思って幽鬼《ユウキ》にそんな忠告をしたのか、具体的な事情は知らない。だが、その顔を見ればだいたいのことはわかった。彼女は、人生をやったのだ。なにかしらの心に抱くものがあって、表現して、それにより生じた責任を自分自身で受け止める。その一連の流れに、自分は立ち合ったのだろうと理解できた。

目の前に鏡が置かれているかのような錯覚を、幽鬼《ユウキ》は覚えた。

鏡は、未来を映している。このままゲームを続ければ、いずれ幽鬼《ユウキ》はああなる。信念の矢のすべてがどこにも命中せず、地面に這《は》いつくばり、肉体的にも精神的にもことごとく打ちのめされて破滅する。

それを見せつけられて、ひとつの感想を幽鬼《ユウキ》は抱いた。

その感想を、口からこぼれさせた。

「望むところだ」

（41／47）

片目がなくなるぐらいなんだ、と思った。

いいじゃねえか。元々、いつ死んでもいいって根性の女だったろうに。いつからそんな生きたがりになった？　諦めるなんて考えをいつから検討するようになった？　あほらしい。死ね死ね。死んじまえ。破滅すりゃあいいじゃないか。魂の最後の一ミリグラムまで使い果たして死ねれば本望。そう思ってプレイヤーに道を定めたんだろ？

だったら、とことんまでやろうや。

「やめるつもりはないよ。なにがあっても」

右目に意識を向けて、幽鬼《ユウキ》は言った。

「あなたのように死ねたら、それで本望だ」

（42／47）

目の前に鏡が置かれているかのような錯覚を、紫苑《シオン》は覚えた。

九十九回のゲームクリア。その意味が理解できているのだろうか。一回でさえ少なからず死亡するリスクがあるものを、九十九回。投げたボールがトンネル効果にしたがって壁を通り抜ける確率のごとく、成就の望みは小さい。そんなものを目標と呼べるのか。それは遠回しな自殺ではないのか。そんな道を〈進まなければいけない〉なんて、それはまるで——。

「やめときなよ」

気づけば、忠告の言葉が飛び出していた。

「そんなわけのわかんねえもん、後生大事に抱えなさんな。でないとあんた、近いうちに破滅するぜ——僕みたいに」

どの口が言うのか、と自分で思った。

それができたら、どんなに楽だったか。それができなかったから、ばかみたいに転げ回って、自分は現在ここにいるのではないか。〈僕みたいに〉だって？　笑わせんな。人間様とてめえを見比べようだなんておこがましい。人間じゃないんだよ、お前は。呪わしいあの日から、人を人とも思わぬ鬼だ。人間じゃないから人間様の都合で殺されるのが道理だ。いい加減認めろ。お前を承認するやつなんて世界のどこにもいないのだ——。

「——望むところだ」

雑念を断ち切るかのように、その声は耳から脳に入ってきた。

「やめるつもりはないよ。なにがあっても。……あなたのように死ねたら、それで本望だ」

とっくりと、紫苑《シオン》は言葉を噛《か》み締めた。

自分の心が、静まっていくのを感じた。意識のある間中ずっと、どこにいてもなにをしていても絶えずざわめいていたものが、治まった。かつて伽羅《キャラ》に迎え入れられ、その弟子たちと共同生活を送っていたときの気持ちがよみがえってきた。たった一言二言、言葉をかけられただけなのに、救済を与えられたような思いすら湧き起こった。

これが伽羅《キャラ》を倒した女か、と思った。

おのずから、紫苑《シオン》は理解した。

すべては、このためだったのだ。

この女と出会うため、自分はここまで生かされたのだ。

それで——運命よ、ここから先は一体どうなる？

「トリック、オア、トリート」

紫苑《シオン》は言った。あまり中身に余裕のなさそうな幽鬼《ユウキ》のバスケットに、目を向けた。

「そいつをよこしな。そうすりゃ、命だけは見逃してやるよ」

幽鬼《ユウキ》は即答した。「いやだ」

紫苑《シオン》は、幽鬼《ユウキ》へとにじり寄った。


（43／47）


幽鬼《ユウキ》へと、紫苑《シオン》がにじり寄ってきた。

警戒を幽鬼《ユウキ》は強めた。相手は、手負い。しかし、得てしてそういうプレイヤーほど手強《てごわ》かったりする。文字通りの死力を尽くしてくるからだ。このゲームで遭遇したどのプレイヤーに対してよりも、強い警戒を幽鬼《ユウキ》は払った。

戦う必要はなかった。このゲームは生存型なのだから、お菓子を確保して逃げることができさえすればいい。そして幽鬼《ユウキ》にとって都合のいいことに、紫苑《シオン》の脚は折れている。移動速度では幽鬼《ユウキ》に軍配が上がる。よって逃げ切ることは容易といえた。

が、幽鬼《ユウキ》にとって都合の悪いことに、今の自分は行き止まりに追い詰められているのだった。左方、右方、後方はカボチャで塞がれていて、前方には紫苑《シオン》。後方――崩れたカボチャで道が塞がれている方角だけは、強引に押し通ることも不可能ではなさそうだったが、また周りの壁が崩れてくる危険もあるし、すばやく移動することができないゆえ紫苑《シオン》に追いつかれる危険も高い。

となれば、前方。

紫苑《シオン》をかいくぐって、行き止まりを出るしかない。

左から抜けるべきか、右から抜けるべきか、一瞬だけ迷って幽鬼《ユウキ》は後者に決めた。左から抜けるとなると、紫苑《シオン》の動向を右目で——爆弾を抱えているこの右目で——追わねばならないからだ。幽鬼《ユウキ》は脚を動かした。手に提げたバスケットからお菓子をこぼさないよう気をつけつつ、何回かフェイントを入れた上で、右側からダッシュをかけた。

しかし。

鏡に映したような方向とタイミングで、紫苑《シオン》もダッシュした。

「……っ！」

幽鬼《ユウキ》は歯噛《はが》みした。読まれたのだ。

紫苑《シオン》は、両腕と右脚を使い、低い姿勢で走っていた。二足歩行の幽鬼《ユウキ》よりは遅かったが、それを通せんぼできる程度には十分な速度だった。紫苑《シオン》は幽鬼《ユウキ》に迫ると、その両腕を地面から離してローブをつかもうとしてきた。

幽鬼《ユウキ》も姿勢を低くして、その両腕をつかんだ。腕に吊《つ》り下げているバスケットが衝撃で揺れた。思わず目を向ける——が、幸いお菓子はひとつもこぼれなかった。前方の紫苑《シオン》に目を戻し、その両腕をぎりぎりと締め上げた。つかまれてなお、幽鬼《ユウキ》に向かってこようとしていた。怪我人《けがにん》のものとは思えない腕力だった。やはり、火事場の馬鹿力を発揮している。

紫苑《シオン》の両目が一瞬だけ細くなった。まばたきに失敗したかのような仕草だった。しかし、そういう意味のものではないということが、彼女の次の言葉からわかった。「——あんた」

「もしかして——右目に不安があるのか？」

心霊に息を吹きかけられたかのように、幽鬼《ユウキ》の体温が下がった。

反射的に、足が出た。

が、紫苑《シオン》は体を引いてそれをかわした。のみならず、その勢いを利用し、つかまれている腕を通じて幽鬼《ユウキ》を引っ張ってきた。たまらず幽鬼《ユウキ》は手を放した。一歩二歩、三歩と紫苑《シオン》は下がり、幽鬼《ユウキ》の手が届かない距離にまで逃れた。

座位から立位に体勢を戻しつつ、幽鬼《ユウキ》は考える。ばれた。右目のことがばれた。なんでわかった？　瞳の色から？　それとも仕草に出ていたのか？　右側から抜けてくると読めたのはその手がかりがあったからか？　いや——あの反応からすると、気づいたのはおそらくたった今——

幽鬼《ユウキ》が焦っている間に、状況が動いた。

紫苑《シオン》が、次の攻撃を試みていた。そこら中に転がっているカボチャ、そのひとつを持ち上げていた。ありきたりな攻撃方法だった。このゲーム中、全プレイヤーが一度は試みたことがあるだろう。幽鬼《ユウキ》としても何度か実行したことがあるし、他人がそうするのも複数回見てきた。しかしながらその光景には驚きを禁じ得なかった。

紫苑《シオン》の持ち上げたそれが、電子レンジ大の巨大カボチャだったからだ。

火事場の馬鹿力とはいえ、そこまでできるのか、と思った。

下手をすれば彼女自身より重量があるかもしれないそれを、紫苑《シオン》は投げた。狙いに狂いなし、まっすぐに幽鬼《ユウキ》へ飛んできた。真正面から迎え撃つ気にはとてもなれなかったので、幽鬼《ユウキ》は動いた。ちょうどそのとき右足に体重をかけていたので、手拍子に左足へと移した。

すなわち左方向にカボチャをかわしたのだが――

その直後、見えなかった打撃が頭にヒットした。

幽鬼《ユウキ》は地面に倒れた。

（44／47）

幽鬼《ユウキ》を地面に倒した。

バスケットが地に落ち、ばらばらとお菓子がこぼれた。両腕を軸にブレイクダンスめいた回し蹴りをきめた紫苑《シオン》は、その一部始終を見届けた。

当たった。

攻撃を放った張本人にもかかわらず、紫苑《シオン》は驚いた。

やったことは簡単だ。ただ、幽鬼《ユウキ》の右側から回り込んで、蹴りを入れただけ。カボチャを投げて左方向に走らせるという工夫はしたが、その程度だ。幽鬼《ユウキ》は攻撃をかわすどころか、認識すらできていない様子だった。いともたやすく地を舐《な》めて、お菓子を手放した。

いけるぞ、と紫苑《シオン》は思った。やはり見えてない。完全に見えてないわけではないようだが、少し状況をややこしくしてやれば見落としをする。プレイヤーとしては終わりだな、と紫苑《シオン》は思う。視力に不足があるんじゃあ、接近戦はこなせない。そのへんの雑魚が相手ならごまかせるかもしれないが、紫苑《シオン》クラスのプレイヤーなら隙を突くことはたやすい。

満身創痍《まんしんそうい》の紫苑《シオン》でも、これなら十分勝負になる。ここにきて改めて思う。やはり、今日の自分はついているのだ——。

希望がほの見えたそのとき、こちらに迫ってくる大勢の足音が聞こえた。

勝負に夢中で、認識が遅れた。幽鬼《ユウキ》のことを笑えないと紫苑《シオン》は思った。気づいたときにはすでに、行き止まりからの脱出を阻止するかのように、そいつらは横一列に並んでいた。

子供たちだった。

全部で、十人以上いた。

空が明るみを増していることに紫苑《シオン》は気づいた。ゲームが終了直前なのだ。おそらく、会場のすべての子供たちが、生き残っているプレイヤーのところに集まっているのだろう。最後の最後に、お菓子をたっぷりせびってやろうというわけだ。

「トリック」「オア」「トリート」

子供たちは、口々に言った。

紫苑《シオン》と幽鬼《ユウキ》が顔を向けた先は同じだった。地面に転がるバスケットだ。幽鬼《ユウキ》から見てすぐ近く、紫苑《シオン》からは少し離れたところに落ちていた。その中身、および、こぼれ出しているお菓子をすべて数え上げても、二十個には足りていない。

二人分のトリートを実現できるだけの数は、存在していない。

その事実をおそらく、二人は同時に悟った。そして同時に動き出した。幽鬼《ユウキ》は近くのお菓子をつかんで、子供たちに投げ渡していく。そんな幽鬼《ユウキ》に向かって紫苑《シオン》は全力疾走し、走る勢いのまま殴りかかった。その腕をつかまえるという形で幽鬼《ユウキ》は防御した。さっきのような膠着《こうちゃく》状態——だったが、さっきと違い長続きしなかった。もたもたしていたら、二人とも子供たちに惨殺されてしまうからだ。互いに手を放し、地面に散らばっているお菓子に二人は目を向けた。それを確保すべく、地面にひざまずいて高速で手を動かした。

「トリックオア」「トリート」

子供たちから二回目の宣言がなされた。二人はいっそう激しく戦った。二人分のお菓子はないのだから、相手の妨害をすることも必要だった。お菓子を狙う敵の手をはたく。体の後ろに確保してあるお菓子を盗む。子供たちに向かって投げられたお菓子を空中でキャッチする。腕だけでなく脚も使った。ワイパーのごとく地面をこすってお菓子を引き寄せたり、相手の腕を搦《から》め取ったり。相手を直接攻撃することもむろん忘れなかった。「トリックオアトリート」と三回目の宣言がなされるころには、お互い両腕で敵を攻撃、両脚でお菓子をこちらに引き寄せるという戦略に落ち着いていた。座った姿勢のまま、二人は全身のすみずみまで活用して戦った。

だが、しかし。

「――トリック」

子供たちの半分ほどが、武器を掲げ、二人へと向かってきた。

間に合わなかったのだ。紫苑《シオン》も、幽鬼《ユウキ》も、子供たち全員にはお菓子を供給できなかった。

「一時休戦だ！」

幽鬼《ユウキ》が、紫苑《シオン》に言ってきた。

そして、目を動かした。視線の先には、行き止まり。カボチャで道を塞がれている方角──なれど、隙間を通れば抜けられないこともなさそうな方角。あそこから逃げるしかないと思ったのだろう、幽鬼《ユウキ》はすばやく立ち上がって同方角に走り出した。そのころにはすでに、紫苑《シオン》も四《よ》つん這《ば》いの姿勢で走り出していた。

その際、紫苑《シオン》はさりげなく幽鬼《ユウキ》の右側につけた。紫苑《シオン》の企てを実現するためには、右側──すなわち幽鬼《ユウキ》から見えにくい方向が好都合だったからだ。幽鬼《ユウキ》と同じく子供たちから逃げることにした紫苑《シオン》。だがしかし、彼女の言う〈一時休戦〉までも、受け入れたわけではなかった。左脚を折っている紫苑《シオン》のスピードは劣悪である。姿勢が低いおかげで初速はさほど悪くないが、まもなくすれば幽鬼《ユウキ》との差が開いてくることだろう。また、行き止まりを塞ぐカボチャの隙間を抜けるためには、いくらか速度を落とさねばならない。そうなれば子供たちに追いつかれるのは必然だ。時間を稼がないといけない、と紫苑《シオン》は思っていた。僕が逃げおおせるだけの時間を用意してくれる生贄が、必要だった。

左側を走る幽鬼《ユウキ》に、紫苑《シオン》は目を向けた。

紫苑《シオン》は、脳内で言葉を送った。

僕の心を救ってくれてありがとう。

こんな僕を認めてくれてありがとう。

だけど——僕のために死ぬがいい。

紫苑《シオン》は、両腕を伸ばし、激しく駆動する幽鬼《ユウキ》の両脚を狙った。

認識不能にして不可避の一撃を放った。


しかし、その瞬間、まるで右目が見えているかのように、幽鬼《ユウキ》は跳んだ。

（45／47）


見えてはいなかった。

だが、来るに違いない、と幽鬼《ユウキ》は思っていた。脚を折っている紫苑《シオン》に自力の逃亡は無理そうだったし、それになにより、彼女は殺人鬼だ。プレイヤーではなく殺人鬼。生きるのではなく殺すプロ。ならばそういう選択をとるに違いないと踏んでいた。かつて伽羅《キャラ》と戦ったことのある幽鬼《ユウキ》は、その思考回路を把握していた。

見なくてもわかる。

右半分の視野に欠落がある幽鬼《ユウキ》。だが、事前に来るとわかっていれば、初めから見えないとわかってさえいれば、相手の殺気から攻撃を予期し、かわすことは難しくなかった。

さらに——幽鬼《ユウキ》の対応はそれにとどまらなかった。普通に走っただけでは、子供たちから逃げきれないと考えていたのはこちらも同じだった。だからこそ幽鬼《ユウキ》は紫苑《シオン》を右側に走らせたのであり、その攻撃を誘ったのであり、わざわざ回転を加えたジャンプを実行したのだった。殺人鬼のもうひとつの特性。それは、常に自分が〈殺す側〉だと考えていることだ。〈殺される側〉になるという可能性——攻撃の瞬間、空いたガードからカウンターを叩《たた》き込まれるという可能性に考えをめぐらせるのが遅れる。幽鬼《ユウキ》の右目が見えていないのと同じく、紫苑《シオン》にもある種の視野の欠落がある。それこそが付け入る隙だった。

空中で回転しながら、幽鬼《ユウキ》は、脚を伸ばした。

紫苑《シオン》の首に、回し蹴りを叩き込んだ。

子供たちのいる方向へ、彼女は転がっていった。

その末路を見届けることはしなかった。幽鬼《ユウキ》は紫苑《シオン》から目を切り、着地の衝撃を利用して地面を蹴り、走った。

行き止まりの端に到達したのと同時、背後で骨の砕かれる音を聞いた。なんの音かは考えるまでもなかった。幽鬼《ユウキ》は、道を塞いでいるカボチャとカボチャの隙間に身を通して、さらに進んだ。ラッシュアワーの電車内のごとくカボチャが密集していたので、さっきまでとは比較にもならないぐらい速度を落とさざるを得なかった。背後に意識を向けると、子供たちの気配をいくつか感じた。まだ、追ってきている。

ひときわ狭い隙間を通っている間に、体ごと触れているカボチャから振動が伝わってきた。どこん、どこん、どこん、どこん、と、一定のリズムを刻んでいた。一体なんだ――と思いつつ、幽鬼《ユウキ》は上を見た。直感だった。たいした考えがあってのことではない。だから、幽鬼《ユウキ》がそれを発見できたのは、ひとえに生き残りへの嗅覚が為《な》せる業だった。

巨大なノコギリを持った子供が、カボチャの上に立っていた。

幽鬼《ユウキ》から見て、ほとんど真上の位置だった。

反射的に幽鬼《ユウキ》はしゃがんだ。頭のすぐ上を――いや――脳天からさらに数ミリ下のところを、ノコギリが通過していった。脳天に痛みが走り、えぐり取られた幽鬼《ユウキ》の髪の毛、白いもこもこ化した血液が辺りに舞った。

あの子供、飛び石渡りの要領でカボチャの上を跳んできたのか――そう理解した瞬間、幽鬼《ユウキ》は背中を打たれた。元凶はもちろん、例の子供だった。幽鬼《ユウキ》の背中に着地したのだ。地面に体を平たくさせられ、衝撃で空気を吐き出す。失った分を取り戻すため息を吸おうとしたところで、それが無理であることに気がついた。

幽鬼《ユウキ》は、首を絞められていた。

ぎりぎりと、圧搾器にかけられているかのように。

さっきの子供が、首を絞めているのだ。幽鬼《ユウキ》はそれを引《ひ》き剥《は》がそうとするが、びくともしなかった。運営から特別な恩寵《おんちょう》を受けている子供たち。プレイヤーでは太刀打ちできないほどの怪力持ちだった。

しだいに、幽鬼《ユウキ》の目の前がちかちかしてくる。頭も回らなくなってくる。じわり、と意識の端から白いものが噴き出してきて、急速に侵略を始めた。幽鬼《ユウキ》の精神世界のほとんどいっぱいを埋め尽くし、最後の一線を越えかねんとなったところで、

——ちゅんちゅん、という音が、聞こえてきた。

（46／47）

ちゅんちゅん、ちゅんちゅん、と繰り返し聞こえた。

鳥の鳴き声だった。自然音ではなさそうだった。音の響きがまったく同じだったし、四方八方から聞こえていたからだ。録音したものを、カボチャの中に仕掛けたマイクから流しているのだろう。

朝を迎えた合図だ、と悟った。

それとともに、幽鬼《ユウキ》の首から力が解かれた。背中の上の殺気と、重みが消えた。足音が離れていくのも聞こえた。さっきのノコギリの子供が、幽鬼《ユウキ》を見逃したと判断するのに十分な情報だった。

ゲーム終了だった。

四十五回目のクリア、達成だ。

幽鬼《ユウキ》は、起き上がった。その場に座った。首に手を当てながら、呼吸した。

危なかった。もう一秒か二秒、ゲームの終了が遅かったら、死んでいた。〈キャンドルウッズ〉よりも〈ゴールデンバス〉よりも、一段きわどいところでつかみとった勝利だった。

幽鬼《ユウキ》は振り向く。カボチャの群衆で先は見通せなかったものの――視線の先に存在しているはずの、紫苑《シオン》の遺体に意識を向けた。強敵だったな、と思った。あれほど早く右目のことを見抜き、しかも的確に弱点を突いてくるなんて――。ハイクラスなプレイヤーが相手だと、この右目は致命的な傷になる。その事実を丁寧に教えていただいた。

とにもかくにも、今回は生き残った。

だが、しかし。

「……このままじゃ、だめだな」

幽鬼《ユウキ》は、小さく、されど確かな意志をもってつぶやいた。

エージェントが迎えに来たとき、いつもの〈グッドゲーム〉を言い忘れていたことに、幽鬼《ユウキ》はようやく気づいた。

（47／47）

4.ロスト・アンド・ファウンド

（0／3）

コンビニの帰り、幽鬼《ユウキ》は心音《ココネ》と会った。

（1／3）

ゲームが終わった。

首を強く絞められたこと、および頭皮の切り傷のことがあったので、幽鬼《ユウキ》は病院に寄った。幸い、どちらの怪我《けが》も大事には至っておらず、いつもの睡眠薬で眠らされて幽鬼《ユウキ》は自宅に送られた。エージェントの運転する車の中で目覚めるケースと、アパートの部屋に運んでもらうまで目覚めないケースのふたつがあるのだが、今回の場合は後者だった。いつもよりも色々と気を揉《も》むことがあったので、長寝になってしまったのだろうか、と幽鬼《ユウキ》は思った。

目が覚めてからしばらく、大の字に寝転がったままの姿勢でぼーっとしていた幽鬼《ユウキ》に行動をうながしたのは、お腹《なか》の音だった。なんか買いに行くか、と思い、深夜の街に出た。四十五回目のゲームを生き延びた祝勝会——という気分ではなかったので、コンビニで菓子パンをひとつ買うだけにした。それを頬張《ほおば》りながら、幽鬼《ユウキ》はとぼとぼと帰路についた。

すると、道中で少女に出会った。

落ち着いた色のワンピースを着ているその少女は、錐原《キリハラ》邸にいた双子の片割れ、心音《ココネ》だった。

幽鬼《ユウキ》は驚いた。まさか出くわすとは思ってもみなかったのだ。くわえた菓子パンから口を離すのも忘れて、「……ほんばんは」ともごもご言った。

「こんばんは」

至って真面目な挨拶を心音《ココネ》は返してきた。

まさか偶然の出会いというわけもなかろう、幽鬼《ユウキ》は聞いた。「あの……どのようなご用件で？」

「感謝と、お返しのために」

心音《ココネ》は言って、深く頭を下げた。

「紫苑《シオン》を成敗してくださったこと、深く感謝いたします」

「……知ってるんですか？」

〈ハロウィンナイト〉が終わって間もない現在、そこまで具体的な情報が出回っているとは思えなかった。特別な情報網でも持っているのか、それとも、灰音《ハイネ》と同じく心音《ココネ》もあのゲームに参加していたのか——とまで予想を展開したところで、どちらでもない回答を心《ココ》音《ネ》は口にした。

「拝見しておりましたので」

「……拝見って……まさか〈観客〉としてですか？」

心《ココ》音《ネ》はうなずいた。「どうしても、姉と紫《シ》苑《オン》の行く末を見届けたく思いまして。運営に接触いたしました」

幽《ユウ》鬼《キ》は思う。ということは、彼女は、灰《ハイ》音《ネ》の末路をすでに知っているのか。

「まことにありがとうございました」

重ねて心《ココ》音《ネ》は礼を言った。その顔は、晴れやかさから最も遠いところにあった。紫《シ》苑《オン》の言葉を幽《ユウ》鬼《キ》は思い出す。とかく復讐者《ふくしゆうしや》は現実を見ていない、だったか——。あのときはなんとなく聞き流していた幽《ユウ》鬼《キ》だったが、その意味を少し理解する。心《ココ》音《ネ》がこんな顔になってしまうという未来の可能性は、おそらく、灰《ハイ》音《ネ》の頭には想定されていなかったのだろう。

「……いや、別に、成敗ってつもりじゃないですし。」幽《ユウ》鬼《キ》は手を前に出す。「とどめを刺したのも私じゃないですし、感謝されるようなことでは」

「それでも、わたくしにとっては重要なことです。重ね重ね、お礼申し上げます」

殺しで感謝されるとは、なんだか変な気分だった。あまり入り浸りたいものでもなかったので、「えっと、その」と幽鬼《ユウキ》は話を進めた。

「それで、お返しというのは……」

「その右目に関してのことです」心音《ココネ》は答えた。「悪くされている……とお聞きしたのですが、間違いありませんでしょうか？」

それもおそらくは、ゲームの〈観客〉として手に入れた情報なのだろう。

「はい」と右眼窩《みぎがんか》に触れつつ幽鬼《ユウキ》は答える。

「今はまだ、そこまで深刻じゃないんですが……ゆくゆくはどうだろう、って状態ですね」

「それでも、ゲームを続けるおつもりなのですね？」

「そのつもりです」

日常会話のテンションから逸脱しない範囲で、幽鬼《ユウキ》は力強く答えた。

「でしたら、お力になれるかもしれません」

「……というと？」

「全盲でありながらゲームをこなしていたプレイヤーを、わたくしは存じておりますゆえ」

その意味を、幽鬼《ユウキ》はしばらく理解しかねた。〈全盲〉という、通常の会話ではあまり聞かないワードが含まれていたからだ。

が、理解が済むと、幽鬼《ユウキ》の心にふつふつと驚きが湧いてきた。全盲——まったく目が見えないのにもかかわらず、プレイヤーとして活動していた人物。幽鬼《ユウキ》にとってそれは、ツチノコの存在よりも疑わしく感じられた。

「そ……そんな人がいるんですか？」

幽鬼《ユウキ》の狼狽《ろうばい》とは対照的に、心音《ココネ》は落ち着いた調子で答える。

「錐原《キリハラ》とは旧知の仲でした。現在はプレイヤーを引退しているそうですが……彼女なら、視力に頼らず、ゲームを勝ち抜く方法を知っていることでしょう。もしよろしければ約束をお取り付けしますが、いかがいたしましょう？」

願ってもない話だった。「お願いします」と言った。

「では、そのように」

心音《ココネ》は再びお辞儀をした。「失礼いたします」と言って、静かに歩き去っていった。

その姿を最後まで見送ってから、幽鬼《ユウキ》も帰路に戻った。

菓子パンを頰張《ほおば》るのを再開しつつ、幽鬼《ユウキ》は数えてみた。最近の自分が、失ったものと得たものを。

失ったもの。

右目の視力。

それを原因とする、自分を支えてくれるものの揺らぎ。

手に入れたもの。

波乱のゲームの一件の解決。

独力による殺人鬼への勝利経験。

そして、心音《ココネ》から提示された、盲目のプレイヤーの存在。

三歩進んで二歩下がる。そんなところだろうか、と幽鬼《ユウキ》は思った。

約一ヶ月後、じつは自分が四歩目を歩いていたということを、幽鬼《ユウキ》は知る。


（2／3）


〈ハロウィンナイト〉から約一ヶ月。

幽鬼《ユウキ》は順調にゲームをこなしていた。あれ以来、右目の症状が進行することはなく、その弱点を突けるほど卓越したプレイヤーとも出会わず、危なげなく二回を攻略し、四十七回のクリアを達成した。

その頃にはもう、心音《ココネ》から盲目のプレイヤーに関する連絡をもらっていた。地方に隠居していて、いつでも会える、とのことだった。すぐにでも飛んでいきたいところだったが、あいにく先に着手しなければならない問題がひとつあった。最近、学校で何者かに監視されているということだ。エージェントに相談し、協力して問題に当たる態勢を整えた。

そんな時期のことだった。

いつものように幽鬼《ユウキ》が学校から帰ると、アパートの前に人がいた。エージェントではなく、心音《ココネ》でもなく、アパートの住人や近隣住民でもなさそうだった。

ものすごい美少女だった。

プレイヤーという職業柄、顔のいい娘さんは数多く知っている幽鬼《ユウキ》だったが、その中でも彼女は頂点だった。美しすぎて、逆にいささか目に優しくない雰囲気がある。例えるなら、王様をたぶらかして国の財政を大変なことにしそうな傾国の美女とか、その美しい容姿で男たちをテリトリーに誘い込んで頭から食べてしまう妖怪変化のような、警戒心を抱いてしまうタイプの美しさがあった。

誰だろう、と幽鬼《ユウキ》は思った。プレイヤーであることは間違いなさそうだったが、見覚えがない。毛糸《ケイト》のことはすっかり忘却していた幽鬼《ユウキ》だったが、あんなにも目立つ娘を忘れるわけがないと思う。おそらくは初対面のはずだ。というか、仮に知り合いだったとして、それがどうして幽鬼《ユウキ》の家の前にいるのだろう。

結論を出せないでいるうちに、状況が動いた。

その美少女は幽鬼《ユウキ》を見ると、顔を輝かせ、とてとてと細い足で駆け寄ってきた。見た目にふさわしい雅《みやび》な声で「お久しぶりです」と言って、頭を下げた。頭の後ろにふたつついていた、お団子にまとめられた髪がよく見えた。

「……どうも」

幽鬼《ユウキ》は生返事をした。美少女は顔を上げると、血管が透けて見えないのが不思議なぐらい白い手で、幽鬼《ユウキ》の手を握った。「――探しましたよ」

「やっとつかまえました。さあっ、これでレッスン2をしてくださいますね？」

「へ？」

まっすぐに幽鬼《ユウキ》を見つめる美少女。

その顔にだぶるものがあった。一ヶ月前、〈ハロウィンナイト〉で絡まれたプレイヤー。あのときとはまるで別人だったが、しかし、ほんのり丸みを帯びたその顔と、漫画のたんこぶを思わせる髪型に、わずかな面影を見ることができた。

玉藻《タマモ》だ。

その名前を冠するにふさわしい、まんまるな娘。

それが、まんまるではない状態で、幽鬼《ユウキ》の前に立っていた。

一ヶ月前の記憶がよみがえる。あまりのしつこさに負けて、幽鬼《ユウキ》は玉藻《タマモ》を弟子にすると言った。そして、彼女を置いていく方便として、スリムアップして幽鬼《ユウキ》をつかまえたらレッスン2をしてやると言った。言いはした。

確かに、言いはしたのだが。

「嘘《うそ》でしょ？」

答えはなかった。その少女は、にこにこと顔を丸くして微笑《ほほえ》んだ。

（3／3）

あるときはかわいい弟子と。

またあるときは柔和なお姉さんと。

たとえこの身が裂かれようとも、

あとがき

こんにちは、鵜飼有志《うかいゆうし》です。四ヶ月ぶりにこの場を務めます。

『死亡遊戯』四巻をご購入いただき、ありがとうございます。

生者と死者の行き交う夜――〈ハロウィンナイト〉でした。ゲームの世界からこぼれ落ちた人物たちに、強くスポットライトを当てたお話であります。ある者は引き際を感じて退き、ある者は引退したものの死の運命から逃れられず、ある者は集団の論理に従って抹殺され、ある者は一度は手にした平穏を自分から手放してしまう。そのさまを眺める幽鬼《ユウキ》にもほころびが現れてきて、さてどうしようか……というところ。

わりと早い時期に初稿は書いておりまして、そのときはまだ、日の目を見られるかどうかわからない状況だったと記憶しています。無事世に出すことができてよかった、と胸を撫で下ろしております。えっちらおっちらとこれからも続けていきますので、お付き合いいただけましたら、幸いです。

ときに、前巻にて告知いたしました『死亡遊戯』のコミカライズなのですが、コミックウォーカーさま&ニコニコ漫画さまにて、無料Web連載が始まっております。万歳寿《ばんざいことぶき》大宴会《だいえんかい》先生のきらびやかな絵柄で動くプレイヤーの面々を見られることはもちろん、ちょこちょこ変わっている部分もございますので、ぜひとも覗いていっていただければ。

本巻においても多大なお力添えをくださいました編集O氏とねこめたる先生、コミカライズにご協力くださっている万歳寿大宴会先生、帯コメントを寄稿くださいましたヨコオタロウさま、ボイスドラマにご協力くださいました中島由貴《なかしまゆき》さま……。各関係者さまに、心よりお礼申し上げます。

それでは……。『死亡遊戯』五巻で、またお会いしましょう。

MF文庫J

死亡遊戯で飯を食う。4

2023年 8月 25日　初版発行
2024年 9月 10日　7版発行

著者　鵜飼有志

発行者　山下直久

発行　株式会社 KADOKAWA
〒102-8177 東京都千代田区富士見2-13-3
0570-002-301（ナビダイヤル）

印刷　株式会社 広済堂ネクスト

製本　株式会社 広済堂ネクスト

Printed in Japan　ISBN 978-4-04-682765-4 C0193